HEYNE BÜCHER

W0238078

SCIENCE FICTION

Herausgegeben
von Wolfgang Jeschke

Ein Verzeichnis aller STAR TREK-Romane
finden Sie am Schluß des Bandes.

STARFLEET KADETTEN

# STAR TREK®

DIANA G. GALLAGHER

# ARCADE

Star Trek®
Starfleet Kadetten
Band 13

Deutsche Erstausgabe

WILHELM HEYNE VERLAG
MÜNCHEN

Titel der Originalausgabe
STAR TREK: DEEP SPACE NINE
# 5: ARCADE

Aus dem Amerikanischen übersetzt von
UWE ANTON

*Umwelthinweis:*
Dieses Buch wurde auf
chlor- und säurefreiem Papier gedruckt.

Redaktion: Rainer Michael Rahn

Erstausgabe als A MINSTREL BOOK, Simon & Schuster, Inc.,
New York

Printed in Germany 1997
Umschlagbild: Alan Gutierrez
Innenillustrationen: Todd Cameron Hamilton
Umschlaggestaltung: Atelier Ingrid Schütz, München
Technische Betreuung: M. Spinola
Satz: Schaber Satz- und Datentechnik, Wels
Druck und Bindung: Ebner Ulm

ISBN 3-453-11899-5

*Für meinen Sohn*

Jay R. Gallagher,

*einen weiteren Sieger*
*im Spiel der Beharrlichkeit*

## DEEP SPACE NINE
## PLAN DER STATION

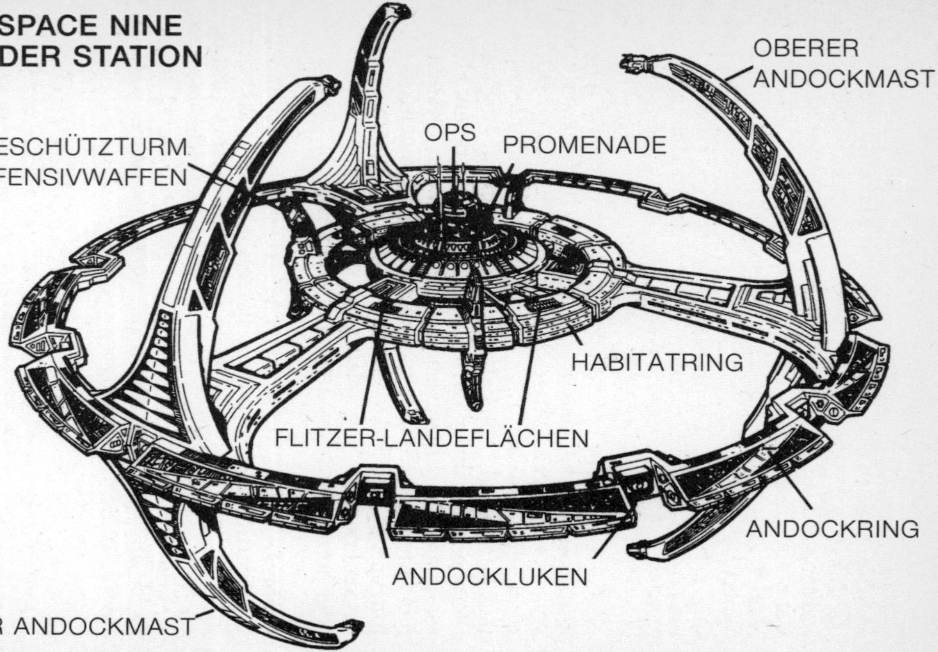

## STAR TREK: DEEP SPACE NINE

### Die Hauptpersonen

---

**JAKE SISKO** – Jake ist Teenager und der einzige menschliche Junge, der ständig auf Deep Space Nine wohnt. Jakes Mutter starb, als er noch sehr klein war. Er kam mit seinem Vater auf die Raumstation, fand dort aber nur sehr wenige Kinder in seinem Alter vor. Er erinnert sich nicht an das Leben auf der Erde, mag aber Baseball und Schokoriegel und würde sich am liebsten vor seinen Hausaufgaben drücken. Sein Vater billigt seine Freundschaft mit Nog nicht.

**NOG** – Ein junger Ferengi, dessen wichtigstes Ziel im Leben es ist, Geld zu verdienen. Darin unterscheidet er sich nicht von den anderen Mitgliedern seiner Spezies. Es stört ihn nicht, daß sein Vater Rom häufig geschäftlich unterwegs ist und sein Onkel Quark dann auf ihn aufpaßt. Nog hält die Menschen mit ihren Vorstellungen von Vertrauen, Hilfsbereitschaft und Freundschaft für seltsam. Er versteht Jake nicht immer, doch da sein Vater ihm den Umgang mit dem Jungen von der Erde verboten hat, sind Nog und Jake die besten Freunde. Nog spielt anderen gern Streiche, versucht aber immer, Odo aus dem Weg zu gehen.

**COMMANDER BENJAMIN SISKO** – Jakes Vater wurde von Starfleet Command als Befehlshaber der Raumstation und Verbindungsoffizier zwischen der Föderation und Bajor nach Deep Space Nine versetzt. Seine Frau kam bei einem Angriff der Borg ums Leben, und er zieht Jake allein groß. Er hat stets sehr viel zu tun, bemüht sich jedoch, mehr Zeit für seinen Sohn zu finden.

**ODO** – Der Sicherheitsoffizier wurde vor vielen Jahren von bajoranischen Wissenschaftlern gefunden und weiß nicht, woher er ursprünglich stammt. Er ist ein Gestaltwandler und kann daher für eine gewisse Zeit jede beliebige Form annehmen. Normalerweise bewahrt er ein menschenähnliches Äußeres, doch etwa alle sechzehn Stunden fällt er in seinen natürlichen flüssigen Zustand zurück. Gesetzesbrechern bringt er keine Nachsicht entgegen, und Ferengi noch weniger.

**MAJOR KIRA NERYS** – Kira war während der Besetzung Bajors durch die Cardassianer Freiheitskämpferin im bajoranischen Untergrund. Nun vertritt sie auf der Station die Interessen Bajors und ist Siskos Erster Offizier. Ihr Temperament ist legendär.

**LIEUTENANT JADZIA DAX** – Eine alte Freundin von Commander Sisko und Wissenschaftsoffizier. Dax ist eine Trill und besteht in Wirklichkeit aus zwei miteinander verbundenen Wesen. Im Wirtskörper einer jungen Frau lebt ein Symbiont mit eigenständigem Bewußtsein. Sisko kannte den Symbionten Dax in dem vorhergehenden Gastkörper, der männlich war.

**DR. JULIAN BASHIR** – Der abenteuerlustige Dr. Bashir zählte zu den besten Studenten seines Jahrgangs und bat darum, auf einen Außenposten am Rand des Föderationsraums versetzt zu werden. Seine Begeisterungsfähigkeit bringt ihn manchmal in Schwierigkeiten.

**MILES O'BRIEN** – Früher Transporter-Chef an Bord der *USS Enterprise* und nun Leiter der technischen Abteilung auf Deep Space Nine.

**KEIKO O'BRIEN** – Keiko war auf der *Enterprise* Botanikerin, zog aber mit ihrem Ehemann und ihrer kleinen Tochter Molly auf die Station um. Da es für eine Botanikerin auf Deep Space Nine kaum etwas zu tun gibt, hat sie eine Schule eröffnet und unterrichtet alle Kinder, die ständig oder auch nur zeitweise auf der Station wohnen.

**QUARK** – Der Ferengi ist Nogs Onkel und Geschäftsmann. Ihm gehört ein Restaurant, dem ein Spielkasino und Holo-Kammern angeschlossen sind. Es befindet sich auf der Promenade, dem zentralen Schauplatz zahlreicher Aktivitäten auf der Station. Quark hat bei jedem Geschäft, das an Bord gemacht wird, die Hand im Spiel, und schafft es fast immer, dem Gesetz – normalerweise in Gestalt von Odo – einen Schritt voraus zu bleiben.

# 1

Paß auf, Jake!« rief Nog erschrocken. »Du wurdest erfaßt! Sie hat dich im Visier!«

Jake antwortete der hektischen Stimme im Kopfhörer seines Helms nicht. Er gab vollen Schub und zwang den Jäger in einen Steilflug. Wenn dieses Manöver nicht klappte, war er tot.

»Schieß, Tena Lin! Schieß!« ermutigte Rotor, ein reptilischer Selay-Junge, lautstark das bajoranische Mädchen.

»Diesmal erwische ich dich, Jake Sisko!« schnaubte Lin.

Jakes Bordcomputer löste Alarm aus, als Lin eine Rakete mit Wärmesuchkopf abschoß. Er hielt den Blick auf das Kontrollpult gerichtet, während er mit dem Jäger einen Looping rückwärts flog, dann die Flughöhe beibehielt und unter der feindlichen Jagdmaschine dahinraste. Lin konnte nicht mehr rechtzeitig reagieren. Ihre eigene Rakete raste in ihr Steuerbordtriebwerk, und der Jäger der Bajoranerin explodierte in einem Auflodern von farbigem Licht und Donner.

»Ja!« Nogs triumphierender Schrei hallte in Jakes Ohren.

»Deine Reaktionszeit war zu langsam, Tena Lin!« zischte Rotor. »Ein Jägerpilot muß jederzeit zum Zuschlagen bereit sein ...«

»Halt die Klappe, Schlangenauge!« fauchte Lin.

Jake ignorierte sie. Atemlos und begeistert flog er

mit Überschallgeschwindigkeit durch den blauen Himmel und schnappte dann überrascht nach Luft, als das Cockpit verschwand und die Welt plötzlich schwarz wurde.

»Das ist nicht komisch, Nog!« Jake zog die Hände aus den flexiblen Handschuhen und riß seinen Helm herunter. Dann fuhr er zu Nog herum, um ihm eine Standpauke zu halten, weil er das Virtual-Reality-Spiel abgeschaltet hatte, bevor seine Zeit abgelaufen war. Er mußte jedoch feststellen, daß er in das leicht schiefe, aber sehr strenge Gesicht des Sicherheitsoffiziers von Deep Space Nine schaute. »Odo!«

»In fünf Minuten fängt die Schule an, Mr. Sisko«, sagte Odo trocken. »Heute stehen die IQ-Tests auf dem Plan, nicht wahr?«

»Ja.« Jakes Begeisterung war wie weggeblasen.

»Dann würde ich vorschlagen, daß du dich in Bewegung setzt. Du auch, Tena Lin.«

»Schon gut.« Jake nahm seinen Datenblock an sich und stellte dann fest, daß es Nog und Rotor gelungen war, das Weite zu suchen. Stirnrunzelnd überlegte er, wieso sie nicht geblieben waren. Odo konnte sie nicht zwingen, in die Schule zu gehen. Nogs Vater, Rom, wollte nicht, daß er die Schule überhaupt besuchte, also nahm Nog nur am Unterricht teil, wenn er Lust dazu hatte. Rotor, der wie eine riesige Kobra mit zwei Stummelbeinchen aussah, war nur zu Besuch auf DS Nine. Sein Vater war der Captain eines Handelsschiffs der Selay, das an der Station angelegt hatte, um Reparaturen vornehmen zu lassen.

Doch Jake war Commander Benjamin Siskos Sohn; er mußte er nicht nur am Unterricht teilnehmen, sondern auch gute Leistungen bringen.

»Hier scheint es ein Problem zu geben?« Bokat, ein

Ferengi und der Besitzer des Spiele-Basars, schlenderte den Gang in der Mitte entlang. Seine Frage war an Odo gerichtet.

Tena Lin stürmte zur Tür hinaus, doch Jake blieb noch. Der Constable war nicht gerade glücklich darüber, daß ein weiterer Ferengi auf der Promenade ein Geschäft aufgemacht hatte, und Bokat konnte es sich nicht leisten, ihn gegen sich aufzubringen. Die neue Arcade hatte vor einigen Tagen eröffnet und präsentierte eine Vielzahl von Spielen, die in ›Galaktische Abenteuer‹, der Spielhalle, die holographische Simulationen bot, nicht zur Verfügung standen. Zu Bokats Angebot gehörten Nachbildungen von historischen Spielen, die Jake viel anspruchsvoller fand. Primitive Virtual Reality, Flipperautomaten aus dem zwanzigsten Jahrhundert, Action-Abenteuerspiele auf herkömmlichen Monitoren und echte Ballspiele erforderten körperliche Geschicklichkeit und scharfe Reflexe wie auch schnelles Nachdenken. Aufgrund der Jahrmarkt-Atmosphäre mit den aufblitzenden Lichtern und dröhnenden Geräuschen war der Spiele-Basar der ideale Ort, um die Probleme des Alltags hinter sich zu lassen.

»Kein Problem – noch nicht«, sagte Odo kurz angebunden. »Sollte ich jedoch oft gezwungen sein, dafür zu sorgen, daß die Kinder und Jugendlichen pünktlich in der Schule sind, haben Sie ein großes Problem. Nämlich mich.«

Bokat zuckte mit den Achseln. »Ich bin nicht dafür verantwortlich, daß meine Kunden ihren Pflichten nachkommen.«

»Im ›Galaktischen Abenteuer‹ ist es verboten, daß Kinder vor oder während des Unterrichts dort spielen.« Odo runzelte die Stirn und beugte sich zu dem

Ferengi vor. »Sie sollten vielleicht eine ähnliche Regelung in Betracht ziehen.«

»Das klingt aber nicht nach einem guten Geschäft.« Bokat schüttelte den Kopf und erwiderte dann Odos Blick. »Es kommt auf jede Krediteinheit an.«

»Wenn Sie Ihre Lizenz verlieren, werden Sie nicht mehr viele Krediteinheiten verdienen.« Odo drehte sich um, sah Jake und stürmte vorwärts. »In die Schule! Sofort!«

Als Jake zur Tür schoß, warf er einen Blick zurück. Nog und Rotor hatten sich unter einer elektronischen Dartscheibe versteckt, zeigten auf ihn und lachten. Bokat starrte ihn auch an, aber in den Augen des Ferengi lag nicht die geringste Spur von Humor. Bokats eindringliches Interesse war Jake richtig unheimlich, und er folgte Tena Lin schnell zur Tür hinaus.

Bevor sie den Unterrichtsraum betraten, ergriff Jake die Bajoranerin am Ärmel und hielt sie fest. »Lin, warte mal.«

Sie wirbelte wütend herum. »Was willst du?«

»Bist du sauer auf mich, weil ich den Luftkampf gewonnen habe?« fragte Jake. Tena Lin erinnerte ihn an die hitzige Major Kira Nerys, die Stellvertreterin seines Vaters. Beide Bajoranerinnen waren stets bereit für einen Kampf.

»Dabei gewinnst du immer, Jake, aber bei ›Drachenhöhle‹ kann ich dich schlagen. Gestern habe ich über sechsundfünfzigtausend Punkte erzielt. Das war das beste Ergebnis bislang überhaupt, und ich habe sogar ein Freispiel bekommen.«

Lins Einstellung störte Jake etwas. Ein gewisses Konkurrenzdenken fügte den Wettkämpfen etwas Würze hinzu, aber sie war mittlerweile so versessen darauf, ihn zu schlagen, daß es fast schon keinen Spaß mehr machte, mit ihr überhaupt noch zu spielen.

»Wenn Odo den Spiele-Basar dicht macht, bekommst du keine Gelegenheit mehr, es zu versuchen.«

»Warum sollte er das?« fragte Lin. Plötzlich klang sie besorgt.

»Bokat war nicht gerade kooperativ.« Die Ferengi störte es nicht, bei dunklen Geschäften mitzumischen – solange sie nicht erwischt wurden. Odo erwischte Nogs Onkel, Quark, zwar jedesmal, aber die Sache hatte sich mittlerweile zu einem unentwegten intellektuellen Schlagabtausch entwickelt, der dem Gestaltwandler allmählich auf die Nerven ging.

»Ja, und?«

»Also wird ihm jede Entschuldigung recht sein, Bokats Laden zu schließen. Kein Ferengi wird zahlende Kunden freiwillig wegschicken; also müssen wir das für ihn erledigen.« Jake wurde klar, daß Lin nicht begriff, worauf er hinauswollte. »Ich werde *vor* der Schule nicht mehr in den Spiele-Basar gehen«, erklärte er.

Lin betrachtete ihn mit einem entschlossenen Blick ihrer grünen Augen. »Es gibt kein Gesetz, das einem verbietet, vor der Schule zu spielen… solange wir nicht zu spät kommen. Du kannst tun und lassen, was du willst, Jake, aber ich brauche alle Übung, die ich kriegen kann.«

»Das sind doch nur Spiele, Lin!«

Die Bajoranerin tat seinen Einwand mit einer Handbewegung ab und schoß durch die Tür.

Jake seufzte. Ein jeder von ihnen war bei dem einen oder anderen Spiel besser als seine Mitstreiter, und bei den alten Action-Abenteuer-Spielen auf herkömmlichen Monitoren waren sie alle ziemlich gleichwertig. In letzter Zeit hatten sie zahlreiche Freispiele gewonnen. Seltsamerweise war Bokat nicht wütend darüber gewesen, die zusätzlichen Krediteinheiten zu verlieren. Er hatte sogar zufrieden gewirkt, was wider gegen jede Logik war, wie Jake nun unbehaglich klar wurde. Kein Ferengi, der etwas auf sich hielt, verlor gern Geld.

Die Glocke ertönte; Jake vergaß den Spiele-Basar und trottete zu seinem Sitz. Er hatte ernstere Probleme. Seine Lehrerin, Keiko O'Brien, hatte für diesen Nachmittag ein Gespräch mit seinem Vater vereinbart. Sein Aufsatz im Fach Geschichte der Erde war überfällig, und der IQ-und-Eignungstest würde wahrscheinlich erweisen, daß er die Intelligenz einer andorianischen Felsschnecke hatte und für keinen aufregenderen Beruf als zum Einholen von Raummüll geeignet war.

# 2

Jake war der letzte Schüler, der den IQ-Test ablegte. Doch die Prüfung machte ihm sogar Spaß – sie kam ihm eher wie ein Spiel denn wie ein Test vor. Nachdem er erst mal angefangen hatte, hatte er nichts dagegen, noch bleiben zu müssen, nachdem alle anderen schon gehen durften.

Ein eng anliegender schwarzer Helm bedeckte seine Augen und Ohren, so daß keine äußeren Reize ihn ablenken konnten. Seine Kopfhaut kitzelte dort, wo die Elektroden darauf saßen, aber das konnte man problemlos ignorieren. Weder mußte er etwas aufschreiben, noch über die Antworten nachdenken. Bilder, die alles mögliche von geschriebenen Fragen bis hin zu visuellen Darstellungen von Problemen beinhalteten, blitzten über den Bildschirm, der seine Augen bedeckte, und das Gerät registrierte seine Antworten. Beobachter konnten auf einem Hilfsschirm zusehen, der an den Helm angeschlossen war.

Jake wußte nicht, wie lange der Test schon dauerte. Er befaßte sich einfach mit jedem neuen Problem, das sich ihm bot.

Er stand auf einem Korridor vor einer geöffneten inneren Luftschleuse. Er hörte das Zischen, eine Sekunde bevor die äußere Schleuse explodierte, und hämmerte im Geist die Hand auf den Schalter, der die Luke versiegelte. Die innere Schleuse schloß sich, bevor die plötzliche Dekompression ihn ins All saugen konnte.

*Wer hat die duotronische Computertechnik erfunden? Und wann?*

Dr. Richard Daystrom im Jahr 2243. *Ganz einfach,* dachte Jake.

*Wie fühlst du dich?*

Hervorragend.

Sofort veränderte das Bild sich und zeigte nun völlig gleichmäßige, kreuz und quer verlaufende Linien im All. *Identifizieren.*

Ein tholianisches Netz.

Dann stand Jake in einer Frachtkammer, in der die Sirenen der Alarmstufe Rot heulten. Das Kommunikationspult zeigte an, daß die Trägheitsabsorber und alle Reservesysteme versagen würden. Das Schiff konnte nicht abbremsen. *Folge?*

Die vorwärts gerichtete Geschwindigkeit des Schiffes würde ihn gegen die Wand drücken und zerquetschen. Die Situation war nicht besonders komisch, doch die Vorstellung, durch den Raum zu schießen und an der Wand platt gedrückt zu werden, ließ Jake lächeln.

*47,90 ist das Atomgewicht von ...?*

Titanium.

Der Bildschirm wurde dunkel, und die Worte *Test beendet* leuchteten auf. Jake atmete erleichtert und erschöpft auf, doch gleichzeitig verspürte er auch eine seltsame Freude.

»Ausgezeichnet, Jake!« Keiko entfernte den Helm und legte ihn beiseite. »Du hast 857 Punkte erzielt.«

»Ist das gut?« Jake blinzelte, während seine Augen sich wieder an das auf der Station vorherrschende Licht anpaßten.

»Sehr gut«, sagte eine vertraute tiefe Stimme.

»Dad!« Jake schnappte nach Luft. Sein Vater hatte den gesamten Test beobachtet.

Benjamin Sisko sah nun zu Jake hinüber. »Dieser Test hat sogar etwas bewiesen, das wir schon lange vermutet haben, Jake. Du bist äußerst intelligent und nutzt weder dein Potential noch deine Fähigkeiten voll aus.«

Jake sagte nichts. Er konnte keine Einwände gegen Ergebnisse erheben, die aufgrund der Föderationstechnik erzielt worden waren. Sein eigenes Gehirn hatte ihn verraten, und die Erkenntnis, daß er viel klüger als eine andorianische Felsschnecke war, stellte für ihn keinen Trost dar. Jetzt würde sein Vater noch mehr von ihm erwarten.

»Ich würde mir keine allzu großen Sorgen machen, Commander Sisko«, sagte Keiko. »Jake braucht nur

Zeit, um den richtigen Platz für sich zu finden. Wenn er ein Fachgebiet findet, das ihn interessiert, wird er sich schon Mühe geben.«

»Vielleicht, aber ich will nicht, daß er zu viel Boden verliert, während wir darauf warten. Würde er nur halb so viel Zeit mit Schularbeiten verbringen wie mit diesen Arcade-Spielen, wäre der überfällige Aufsatz schon längst fertig.« Sisko drehte sich wieder zu Jake um. »Meinst du nicht auch?«

»Ja.« Jake seufzte. Er wußte, was jetzt kommen würde.

»Nun ja, da du dir anscheinend die Zeit nicht selbst einteilen und Prioritäten setzen kannst, werde ich das für dich erledigen. Keine Spiele mehr, bis der Aufsatz fertig – und einwandfrei – ist und du ihn abgegeben hast.«

»Jawohl, Sir.«

»Gut.« Commander Sisko blieb auf dem Weg zur Tür stehen und legte Jake die Hand auf seine Schulter. »Wir sehen uns beim Abendessen.«

Keikos lobende Worte stießen auf taube Ohren, als Jake die Schule verließ. Bedrückt schlurfte er zur nächsten Brücke, die die Promenade mit dem Habitatring verband. Er hatte es nicht eilig, nach Hause zu kommen, und entschloß sich, zu Fuß zu gehen, statt den Turbolift zu benutzen.

Wenigstens würde er seinen Freunden erst morgen beichten müssen, daß sie auf ihn verzichten mußten. Sie hielten sich im Spiele-Basar auf und hatten ihren Spaß, während er in seinem Quartier festhing und einen Aufsatz über einen Haufen verrückter Ritter schreiben mußte, die vor über eintausend Jahren auf der Erde einen blöden Religionskrieg geführt hatten. Wie langweilig.

*»Psst!«*

Jake blieb mitten auf der Brücke stehen. Niemand war zu sehen, doch plötzlich kam er sich sehr allein und verletzbar vor. Jeder konnte in dem leeren Durchgang lauern. Auf der Station wimmelte es vor Rowdys, Halsabschneidern, Außerirdischen mit geheimnisvollen Verhaltensregeln, Klingonen, Cardassianern und bajoranischen politischen Aktivisten. Für Unvorsichtige konnte Deep Space Nine ein gefährlicher Ort sein.

*»Psssst!«*

»Wer ist da?« Jake trat einen Schritt zurück.

Ein Ferengi winkte ihn zu der offenen Luke am Ende des Ganges. »Jake! Hier drüben! Ich bin es. Bokat.«

Verärgert ging Jake zu ihm. »Was gibt es, Bokat?«

Der Ferengi grinste und rieb sich die Hände. »Ich möchte dir einen Vorschlag machen, Jake. Eine Gelegenheit, wie es sie nur einmal im Leben gibt.«

»Ach. Worum geht es?« Jake wartete. Er war gleichermaßen gespannt wie argwöhnisch.

»Um die Chance, das absolute Super-Spiel auszuprobieren, die Zhodranische Kristallsuche. Bedenke, kein Spiel für einen durchschnittlichen Spieler. O nein.« Bokat sprach leiser. »Ein Spiel, an das sich nur die Besten wagen.«

»Warum ich?« Neugier verdrängte Jakes Vorbehalte.

»Deine Geschicklichkeit ist außergewöhnlich. Ich muß dir einfach eine Gelegenheit bieten, das Unmögliche zu versuchen.«

»Tut mir leid, Bokat. Ich kann nicht.«

»Aber es ist kostenlos!« Die Augen des Ferengi weiteten sich vor leiser Panik.

»Kostenlos?« fragte Jake. Plötzlich war er nervös. »Wieso denn das?«

Bokat blinzelte; anscheinend rasten seine Gedanken. »Als Belohnung, mein Junge. Äh… im Einklang mit der einundfünfzigsten Erwerbsregel.«

»Und wie heißt die?«

»Belohne jeden, der deinen Profit vergrößert, damit er es auch weiterhin tut.« Bokat lächelte und legte den Arm um Jakes Schultern. »Weißt du überhaupt, wie viele Erwachsene in den Spiele-Basar kommen und versuchen, deine Punktzahl zu übertreffen?«

Jake zuckte mit den Achseln. »Nein.«

»Sehr viele. Sie können ihre Krediteinheiten nicht schnell genug übertragen. Also muß ich es dir vergelten. Das ist nur gerecht.«

Jake runzelte die Stirn, als ihm der harte Blick einfiel, mit dem Bokat ihn an diesem Morgen bedacht hatte. In der Kultur der Ferengi gab es kein Richtig oder Falsch – nur Profit und Verlust –, und sie waren immer auf der Suche nach einem Dummen.

»Hören Sie, ich weiß daß Angebot zu schätzen, aber im Augenblick kann ich nicht. Ich muß wirklich weiter.« Jake versuchte, sich an dem Ferengi vorbeizudrängen, doch Bokats Arm schoß hervor und versperrte ihm den Weg.

»Ja, natürlich.« Bokats berechnender Blick ließ eine Gänsehaut über Jakes Rückgrat laufen. »Die Einladung bleibt bestehen. Du kannst jederzeit darauf zurückkommen. Aber« – Bokat beugte sich vor und drückte Jake gegen die Wand – »das ist unser Geheimnis. Niemand sonst darf davon erfahren. Verstanden?«

Jake schaute in zusammengekniffene Ferengiaugen und nickte schnell. »Nein. Ich werde nichts sagen. Versprochen.«

»So eine intelligente junge Person. Für einen Menschen. Ich kann nicht zulassen, daß die Leute glauben, ich wäre leicht rumzukriegen. Das würde meinen Ruf ruinieren.« Bokat wollte sich schon umdrehen, warf dem Jungen dann aber doch noch ein verschlagenes Grinsen zu. »Noch nie hat jemand die Zhodranische Kristallsuche gewonnen, Jake.«

Als Jake wieder allein war, seufzte er erleichtert. Die Vorstellung, in einem Spiel siegreich zu bleiben, das noch nie jemand gewonnen hatte, war eine unwiderstehliche Herausforderung ... wenn Bokat nicht wäre. Irgendwie würde der Ferengi davon profitieren, daß Jake die Zhondranische Kristallsuche spielte und das Spiel gewann.

Andererseits hatte er nichts zu verlieren, wenn er es versuchte – abgesehen von der Erlaubnis, je wieder auf der Arcade zu spielen, wenn er nicht bald den Geschichtsaufsatz ablieferte.

Jake eilte mit einer neuen Zielstrebigkeit nach Hause. Die meisten seiner Unterlagen hatte er bereits durchforstet. Er mußte nur noch seine Notizen zusammenstellen und den Aufsatz schreiben. Sobald er ihn abgeliefert hatte, würde sein Vater ihn wieder spielen lassen, und Bokat hatte ja gesagt, er könne das Spiel, das noch nie jemand gewonnen hatte, jederzeit ausprobieren.

Jake rannte durch die Tür des Turbolifts. Er hatte verschlafen, nachdem er bis spät in die Nacht an seinem Aufsatz gearbeitet hatte, und er war noch immer nicht fertig! Daran trug Bokats Spiel die Schuld, die Zhodranische Kristallsuche. Unwillkürlich mußte er sich immer wieder fragen, wieso es so schwierig war. Wahrscheinlich würde er es niemals herausfinden.

Man konnte Bokat nicht vertrauen, und es würde noch mindestens zwei Tage dauern, bis er den Aufsatz über die Kreuzzüge fertig hatte – und noch länger, wenn er sich nicht auf die Arbeit konzentrieren konnte.

Die Luke eines Wartungsschachts neben der Luftschleuse der Promenade stand offen. Jake kam schlitternd zum Stehen. Deep Space Nine hatte buchstäblich in Trümmern gelegen, als Bajor und Starfleet die Station nach dem Rückzug der Cardassianer übernommen hatten. Miles O'Brien, Keikos Ehemann und Leiter der technischen Abteilung, hatte schwer geschuftet, um alle Systeme so weit zu bringen, daß sie nicht nur funktionierten, sondern auch dem Föderationsstandard entsprachen. Es war nicht gerade schwer fahrlässig, eine Luke offenstehen zu lassen, doch O'Brien war sehr pingelig, was solche Details betraf. Jake entschloß sich, die Luke zu schließen und jemandem einen lautstarken Anpfiff O'Briens zu ersparen.

Als er nach dem Kontrollschalter griff, mußte er tief Luft holen. Tena Lin lag bewußtlos in der Röhre und wies auf dem Gesicht und den Armen schwere Verbrennungen auf.

# 3

Der fassungslose Jake zögerte nur eine Sekunde lang. Er rief lautstark Dr. Bashirs Namen, stürzte auf die Promenade und hetzte zur Krankenstation. Odo fing ihn ab.

»Was hat dieser Aufruhr zu bedeuten, Mr. Sisko?«

»Es ist Tena Lin.« Jake ergriff Odo am Ärmel und zog ihn zu der Brücke. »Sie wurde verletzt. Ziemlich schwer.«

»Wo?« Der junge Julian Bashir, der Föderationsarzt auf DS9, stürmte über die Promenade zu ihnen hinüber; in einer Hand hielt er eine Medo-Tasche.

»Da drüben.« Jake schob Dr. Bashir in die Luftschleuse. Odo blieb zurück, um neugierige Zuschauer daran zu hindern, ihnen zu folgen.

Jake wartete im Hintergrund, während der Arzt Lins reglosen Körper untersuchte, und fragte sich, was sie in einem Wartungsgang zu suchen hatte. Mit wachsendem Unbehagen betrachtete er das Innere des Schachts. Der Schacht war mit Drähten und Rohren vollgestopft, mit Relais und Verteilerkästen, aber er konnte kein Anzeichen von einem Feuer oder einer durchtrennten elektrischen Leitung ausmachen. Sie konnte sich die Verbrennungen nicht an diesem Ort zugezogen, sondern mußte sich hierher geschleppt haben, nachdem sie sich woanders in dem Gang verletzt hatte.

Ein paar Sekunden, nachdem Odo neben ihn getreten war, gelangte dieser zur selben Schlußfolgerung. »Hast du etwas gesehen, Jake? Jemanden gehört?«

»Nein, nichts ... nur die offene Luke.«

»Wir bringen sie besser auf die Krankenstation«, sagte Dr. Bashir ernst. »Die Verbrennungen sind kein Problem, aber ihr Koma bereitet mir Sorgen. Sie reagiert auf kein Stimulans.«

Dr. Bashir hob das zerbrechliche Mädchen hoch. Odo drehte sich zu Jake um und bedachte ihn mit einem strengen Blick, bevor er dem Arzt auf die Krankenstation folgte. »Du kannst jetzt ruhig in die Schule gehen. Im Augenblick kannst du für Tena Lin nichts tun. Aber später werde ich mich vielleicht noch einmal mit dir unterhalten.«

Der Zwischenfall hatte ihn aufgewühlt, und Jake konnte sich nicht auf den Unterricht konzentrieren. Tena Lins Eltern hatten während der cardassianischen Besetzung als Lastenschlepper gearbeitet und waren geblieben, als die Föderation die Station übernommen hatte. Jedes Kind, das im All aufwuchs, ob nun auf einem Raumschiff oder einer Station, lernte schnell, mit dem Leben in einer technischen Umgebung zurechtzukommen. Zu viele Fehler waren möglicherweise tödlich. Unfälle kamen immer wieder vor, aber Lin war zu klug, um an einer fehlerhaften Energieleitung herumzupfuschen. Sie hätte eine Störung sofort gemeldet, auch wenn sie sich damit in Schwierigkeiten gebracht hätte, weil sie in einem für die Öffentlichkeit gesperrten Bereich gespielt hatte.

Im Lauf des Tages wurde Jake immer ungeduldiger. Als Keiko den Unterricht beendete, war er überzeugt, daß jemand Lin übel mitgespielt hatte. Sein Verdacht bekam neue Nahrung, als er in die Krankenstation stürmte und zufällig ein Gespräch zwischen Dr. Bashir und Odo mitbekam.

»Ich habe mit ihren Eltern gesprochen«, sagte der Arzt. »Als sie heute morgen zur Arbeit gingen, war Lin wohlauf. Das war zwei Stunden, bevor Jake sie fand, und während dieser Zeit hat niemand sie gesehen.«

Ein Runzeln riß Odos glatte Stirn auf. Der Gestaltwandler versuchte gelegentlich, seine Gesichtszüge zu kultivieren, oftmals mit komischen Ergebnissen. »Chief O'Brien hat weder in dem Wartungsschacht noch in den Versorgungsrohren beschädigte Leitungen oder Kurzschlüsse gefunden. Könnte sie allein von einem anderen Ort zu diesem Schott gelangt sein?«

»Mit so schweren Verbrennungen? Möglich, aber nicht sehr wahrscheinlich.«

»Dann hat jemand sie dorthin gebracht!« Odos Knopfaugen funkelten.

Dr. Bashir war entsetzt. »Sie ist doch noch ein Kind! Warum sollte jemand sie verletzen ...« Er hielt inne, als er bemerkte, daß Jake auf der Schwelle stand. »Jake. Willst du deine Freundin besuchen?«

»Ja, wenn es möglich ist. Geht es ihr besser?«

»Leider nicht.« Dr. Bashir führte ihn zu Lins Biobett. »Kennst du sie gut?«

»Ziemlich gut.« Jake betrachtete Lins bleiches Gesicht. Die Verbrennungen waren verheilt, aber sie war noch immer bewußtlos. Die Lämpchen auf dem Display des Biobetts überwachten leuchtend und summend ihren Zustand. Jake wünschte, er könne irgend etwas tun, um zu helfen.

»Notfall! Notfall!« Eine schroffe Baßstimme dröhnte von der Promenade herüber. »Aus dem Weg, du elende Deckratte!«

Odo, Dr. Bashir, und Jake fuhren herum, während

ein großer, muskulöser Selay einen nichtsahnenden Nork an der Tür der Krankenstation beiseitestieß. Das sechsbeinige, blaupelzige Geschöpf quiekte laut und huschte die Wand hinauf. Chief O'Brien blieb stehen, um das Fremdwesen wieder hinunterzulocken, während die riesige erwachsene Kobra mit einem schlaffen Selay-Kind auf den Armen hineinstürmte.

»Doktor! Mein Sohn ... ich glaube, er stirbt!«

*Rotor!* dachte Jake entsetzt.

»Legen Sie ihn dort drüben hin.« Dr. Bashir eilte zu dem leeren Biobett neben Tena Lin und griff nach einem Tricorder. »Und Sie sind?«

»Captain Gaynor vom Selay-Handelsschiff *Erlan*.«

»Was ist ihm zugestoßen?« fragte Dr. Bashir und runzelte die Stirn, während der den bewußtlosen reptilischen Jungen scannte.

»Wir wissen es nicht genau, Julian«, sagte Chief O'Brien. »Ich fand ihn auf dem Boden eines unbenutzten Turboschachts in der Nähe von Frachtkammer Sechs.«

»Hmm.« Dr. Bashir legte den Tricorder beiseite.

»Wird er wieder gesund?« fragte Gaynor ängstlich.

»Er hat sich ein Bein gebrochen. Das bekomme ich in null Komma nichts wieder hin, aber ...« Dr. Bashir hielt nachdenklich inne. »War er lange fort?«

Gaynor zuckte mit den Achseln. »Eine Stunde. Höchstens zwei. Warum?«

»Weil er im Koma liegt und es dafür keinen medizinischen Grund gibt – jedenfalls keinen, der mir bekannt ist.« Verwirrt schüttelte Dr. Bashir den Kopf. »Vielleicht der Schock aufgrund des Sturzes ...«

Während Jake zuhörte, zog die Angst ihm den Magen zusammen. Dr. Bashir hatte das Medizinstudium an der Starfleet-Akademie als zweitbester seines Jahrgangs abgeschlossen. Er war ein hervorragender Arzt. Aber er konnte die geheimnisvollen Koma-Fälle nicht heilen, wenn er nicht wußte, was sie verursacht hatte.

Odo trat näher; sein Interesse war geweckt. »Ähnelt des Koma des Jungen dem des bajoranischen Mädchens, Doktor?«

»Sogar sehr.« Dr. Bashir kratzte sich nachdenklich am Kopf. »Beide liegen im Koma, und bei beiden gibt es keinen ersichtlichen Grund dafür.«

»Welches bajoranische Mädchen?« fragte Gaynor.

Odo ignorierte die Frage und stellte selbst eine. »Haben Sie Feinde auf Deep Space Nine, Captain?«

»Sind Anticaner auf dieser Station?« bellte Gaynor mit einem Klappern, das Schlimmes ahnen ließ. »Ich rieche jedenfalls keine!«

»Nicht daß ich wüßte«, erwiderte O'Brien und unterdrückte ein Grinsen.

Wären die Umstände nicht so ernst gewesen, hätte auch Jake gelacht. Er hatte O'Briens berühmte Geschichte vom ›Delegierten-Diner‹ gehört. Die *Enterprise* hatte einmal Delegationen der Selay und Anticaner zu dem neutralen Planeten Parliament gebracht. Beide Spezies hatten Anträge auf Mitgliedschaft in der Föderation gestellt, und man hatte gehofft, sie würden einen schon seit langer Zeit bestehenden Disput beilegen. Dich wegen fortgesetzter Feindseligkeiten war beiden Gruppen die Mitgliedschaft bis auf weiteres verweigert worden. Die Anticaner hatten zwei Angehörige der Selay-Delegation getötet und aufgegessen.

»Vielleicht hat dieser widerliche Ferengi Nog etwas mit dem Unfall meines Sohnes zu tun«, zischte Gaynor drohend.

»Nog mag Rotor!« griff Jake sofort zur Verteidigung seines Freundes ein.

»Ich habe die beiden gestern zusammen gesehen«, erinnerte Odo sich. »Doch obwohl Nog nicht zu bändigen ist und mehr dumme Streiche ausheckt, als für ihn und meinen Seelenfrieden gut ist, ist er weder bösartig noch gewalttätig.«

Jake warf Odo stirnrunzelnd einen Blick zu. Der Sicherheitsoffizier folgte stets einem strengen persönlichen Ehrenkodex. Dennoch verwunderte es den Jungen, daß er für Nog Partei ergriff.

»Nog hat nichts damit zu tun«, sagte Dr. Bashir. »Er hat den ganzen Tag in Quarks Restaurant bedient.« Er trat vom Biobett zurück und kam dann wieder näher. »Es könnte ein Virus sein – ein so kleines oder fremdes, daß die Sensoren es nicht wahrnehmen können. Oder eine Bakterie. Schwer zu sagen.«

»Das bezweifle ich wirklich, Doktor.« O'Brien hatte in allen Andockluken Biodetektoren der Föderation eingebaut. »Wenn es den Sensoren entgangen ist, müßte es sich schon um ein subatomares Partikel handeln.«

»Trotzdem werde ich beide unter Quarantäne stellen. Als Vorsichtsmaßnahme«, fügte Dr. Bashir schnell hinzu. »Falls es ein Virus ist, wird es jedenfalls nicht durch die Luft übertragen, oder wir hätten schon mehr Fälle.« Bashir verscheuchte die Anwesenden aus der unmittelbaren Nähe der Betten und legte Isolierfelder um die beiden Kinder.

»Das ist eine Theorie«, murmelte Odo.

»Haben Sie eine andere?« rasselte Gaynor und drehte sich mit einem boshaften Zischen zu Odo um. Seine bunte Kobrahaube schien in Flammen zu stehen.

»Nicht unbedingt.« Odo ließ sich von der reptilischen Zurschaustellung von Feindseligkeit des Selay nicht einschüchtern. »Ich habe ein Puzzle mit sehr vielen fehlenden Stücken und bin von Natur aus argwöhnisch. Es könnte ein Zufall sein. Zwei Unfälle. Zwei Kinder, die im Koma liegen. Andererseits …«

Jake erstarrte, als Odo seinen durchdringenden Blick auf ihn richtete. »Was? Sehen Sie mich nicht so an! Ich habe nichts getan!«

»Das habe ich auch nicht behauptet. Aber du kennst beide Opfer.«

»Jedes Kind auf der Station kennt jedes andere Kind, Odo. Sogar die, die auf der Station nur zu Besuch sind. So viele von uns gibt es nämlich gar nicht!«

»Das weiß ich sehr wohl, Mr. Sisko.« Odo verschränkte die Hände hinter dem Rücken. »Und du würdest mir natürlich alle für den Fall relevanten Einzelheiten verraten, die dir bekannt sind?«

»Natürlich!« Jake schluckte nervös und fragte sich, ob er plötzlich zu einem Verdächtigen geworden war. »Aber ich *weiß* nichts!«

»Vielleicht … weißt du gar nicht, was du alles weißt. Hm?« Odo ging hinaus und ließ Jake verblüfft und sprachlos zurück.

O'Brien kicherte. »Du solltest die Stadt lieber nicht verlassen, Jake.« Als er zur Tür ging, rief Dr. Bashir ihn zurück.

»Ich darf Sie und den Captain leider nicht gehen lassen, Miles. Sie beide haben Rotor angefaßt. Ich muß mich vergewissern, daß Sie nicht infiziert wurden und Träger der Krankheit sind … falls es überhaupt eine gibt.«

O'Brien stöhnte. Gaynor zischte. Jake hatte weder Lin noch Rotor angefaßt und suchte schnell das Weite.

In seinem Zimmer warf Jake seinen Datenblock auf den Schreibtisch und ließ sich mit einem schweren Seufzer auf das Bett fallen. Er konnte einfach nicht aufhören, über Odos letzte Worte nachzudenken. Aber so sehr er sich auch bemühte, er kam einfach nicht darauf, was er wußte, ohne zu wissen, *daß* er es wußte.

# 4

Jakes Gedanken verliefen im Zickzackkurs durch ein Labyrinth lästiger Fragen. Hatte Dr. Bashir bereits herausgefunden, welche Ursache das Koma der beiden hatte? Würde Bokat Wort halten und ihn die Zhodranische Kristallsuche spielen lassen? Was für ein Spiel war das? Wieso war es so schwer, es zu gewinnen? Und warum dachte er über ein Spiel nach, während zwei seiner Freunde in kritischem Zustand auf der Krankenstation lagen?

Natürlich – schon wieder! Jake schüttelte den Kopf und konzentrierte sich auf seinen Computer. Den Aufsatz wollte er morgen fertig haben, selbst wenn er die ganze Nacht daran arbeiten mußte. *Wozu es durchaus kommen kann,* dachte er und betrachtete mit gelangweilter Distanz seine Notizen. Die alte Erdgeschichte hatte keinen praktischen Werk für einen Teenager des vierundzwanzigsten Jahrhunderts, der auf einer Raumstation an der Schwelle zur Grenze des Gamma-Quadranten lebte. *Kreuzzüge* war nur eine andere Bezeichnung für Krieg.

Europäische Monarchen hatten drei Feldzüge gegen ein fernes, mediterranes Volk mit einem anderen religiösen Glauben geführt. Diese Leute hatten unter anderem in der Stadt Jerusalem gewohnt, die für die europäische Religion eine symbolische Bedeutung hatte. Beim ersten Kreuzzug hatten sie die Stadt erobert. Der zweite hatte nichts bewirkt. Und der dritte Kreuzzug, mit dem Jerusalem von dem Kurden Saladin zurückerobert werden sollte, hatte 1192 n. Chr. mit einem Waffenstillstand geendet. Saladin hatte die Stadt behalten, und die Europäer bekamen die Erlaubnis, sie zu besuchen.

Warum also, fragte Jake sich, hatten sie nicht von vornherein versucht, ein für alle Seiten befriedigendes Abkommen auszuhandeln? Die Cardassianer hatten Bajor wenigstens überfallen und besetzt, um die natürlichen Rohstoffvorkommen des Planeten zu stehlen. Das war nicht richtig, ergab aber mehr Sinn, als um Territorium zu kämpfen, nur weil dort zwölfhundert Jahre *vor* den Kreuzzügen eine wichtige Person gelebt hatte und gestorben war!

Natürlich wollten gewisse religiöse Fraktionen auf Bajor, daß Starfleet wieder abzog, weil sie glaubten, der Himmelstempel der Propheten existiere im Wurmloch. Sein Vater hatte bewiesen, daß die verehrten Doppelkugeln lediglich Nachrichten waren, die die fremdartigen Schöpfer des Wurmlochs geschickt hatten, aber diese Tatsache hatte nichts am Glauben der Bajoraner geändert. Doch die Föderation respektierte die bajoranischen Rechte. Starfleet würde die Station und das Wurmloch eher aufgeben, als um sie zu kämpfen. Zum Glück hatten andere politische Gruppen auf dem Planeten begriffen, daß die Präsenz von Starfleet die Cardassianer davon abhielt, Bajor erneut zu erobern, und man hatte einen Waffenstillstand geschlossen.

Womit sein Vater zu einer Art König Richard Löwenherz des dritten Kreuzzugs geworden war. Jake lehnte sich zurück, fasziniert von der Ähnlichkeit zwischen zwei Situationen, die zwölfhundert Zeit-Jahre und Tausende von Lichtjahren voneinander entfernt waren. Vielleicht änderten sich manche Aspekte

des intelligenten Lebens niemals – nur die Wesen, die Orte und die Zeiten.

Der Türsummer ertönte. »Herein!« rief Jake.

»Jake! Jake!« Nog huschte in den Raum, mit zuckenden Ohren und vor Aufregung aufgerissenen Augen. »Warte nur, bis du das gehört hast!«

»Was?« Jake drehte sich um; er hieß die Ablenkung willkommen. »Du führst dich auf wie ein Ferengi, der gerade das Geschäft des Jahrhunderts gemacht hat.«

»Vielleicht habe ich das auch.« Keuchend hockte Nog sich auf die Bettkante, sprang dann sofort wieder hoch und schritt auf und ab. »Das könnte eine große Sache sein, Jake. Eine *wirklich* große, meine ich!«

»Was denn?« Jake beugte sich gespannt vor. Nogs kleine Geschäfte und üble Streiche brachten ihm normalerweise nur Schwierigkeiten ein, waren aber auch immer wieder aufregend und durchbrachen die Monotonie des Alltags. Das Leben mit Nog war nie langweilig.

»Ich darf es eigentlich nicht sagen.« Nog ging auf und ab und rang die Hände.

»Dann laß es bleiben.« Jake zuckte mit den Achseln und tat so, als wäre es ihm gleichgültig.

»Ich habe mein Wort gegeben.« Nog setzte sich wieder aufs Bett, ließ sich zurückfallen und legte den Kopf auf die Seite. »Natürlich weiß jeder, daß das Wort eines Ferengi nichts wert ist.«

Jake nickte. »Das stimmt.«

»Nicht, wenn der Ertrag nicht davon abhängt.« Nog nickte nachdenklich. »Und das ist nicht der Fall. Ich weiß noch nicht mal genau, ob für mich überhaupt irgendein Profit drin ist.«

»Dann sehe ich nicht, wo das Problem liegt.« Jake lächelte. »Du wirst es mir sowieso sagen. Warum also Zeit verschwenden?«

»Ein guter Einwand.« Ein breites Grinsen, das spitze Zähne entblößte, legte sich auf Nogs Gesicht, als er vom Bett sprang und mit eingezogenen Schultern zu Jake hinüberschlurfte und dabei die typische Pose eines verschwörerischen Ferengi an den Tag legte. »Bokat hat mir ein Angebot gemacht, das ich nicht ablehnen kann.«

»Bokat?« Jake runzelte die Stirn, doch Nog war zu aufgeregt, um es zu bemerken.

»Er hat dieses Spiel – noch nie hat jemand es gewonnen. Es heißt Zhodranische Kristallsuche, und Bokat läßt es mich versuchen, weil ich ein so guter

Spieler bin! Er glaubt, er sei es mir schuldig, weil ich mitgeholfen habe, die Arcade zu einem Erfolg zu machen! Kannst du dir das vorstellen?«

»Eigentlich schon, aber …«

»Aber was? Das Spiel ist für mich völlig kostenlos! Ich habe nichts zu verlieren, und wie Onkel Quark immer sagt: ›Jede Minute wird ein Dummkopf geboren! Man muß ihn nur finden!‹«

»Ja, und du bist dieser Dummkopf«, sagte Jake.

Das Funkeln in Nogs Augen verblich plötzlich. »Was soll das heißen, Jake Sisko?«

Jake traf seine Wortwahl mit Bedacht. »Bokat hat auch mir angeboten, die Zhodranische Kristallsuche zu spielen, und …«

»Das hat er nicht!« unterbrach Nog ihn wütend.

»Doch, das hat er«, beharrte Jake. Nog wollte nicht glauben, daß Bokats Angebot nicht exklusiv an ihn gerichtet war. Auch Jake hatte sich geschmeichelt gefühlt, als bester Spieler auf der Promenade bezeichnet zu werden, doch nun war er sicher, daß Bokat von Hintergedanken getrieben wurde. »Das kommt mir sehr verdächtig vor, Nog. Kein Ferengi verschenkt etwas.«

»Die einundfünfzigste Erwerbsregel …«

»Ich habe sie schon gehört.« Jake erhob sich und schaute Nog an. »Hast du um eine Belohnung gebeten oder gedroht, nicht mehr in den Spiele-Basar zu gehen?«

»Nein …« Nog runzelte die Stirn.

»Ich auch nicht. Es würde sich also nichts daran ändern, daß die Leute weiterhin in den Spiele-Basar gehen und versuchen, unsere Punktzahlen zu übertreffen. Bokat muß uns gar nichts anbieten, damit wir weiterhin bei ihm spielen. Er will aus ganz anderen

Gründen, daß wir uns an die Zhodranischen Kristallsuche wagen.«

»Na und? Er läßt uns kostenlos spielen. Die siebenunddreißigste Erwerbsregel besagt eindeutig: ›Wenn es kostenlos ist, nimm es mit und zerbrich dir über verborgene Kosten später den Kopf.‹«

»Genau das ist es doch, Nog!« Jake riß die Arme hoch. »Welche verborgenen Kosten? Warum kann man bei diesem Spiel nur so schwer gewinnen? Was will Bokat damit erreichen? Warum läßt er es sonst niemand versuchen? An der ganzen Sache kommt mir etwas komisch vor.« Nog war nicht überzeugt, und Jake versuchte es mit einer anderen Taktik. »Hast du gewußt, daß sowohl Tena Lin als auch Rotor im Koma liegen und Dr. Bashir keine Erklärung dafür hat?«

»Na und? Was hat das mit Bokats Spiel zu tun?«

»Nichts, aber ich hätte keine Freude am Spielen, wenn ich wüßte, daß zwei meiner besten Freunde bewußtlos auf der Krankenstation liegen.« Nog schob starrköpfig das Kinn vor, und Jake seufzte hilflos. »Hör einfach auf meinen Rat, Nog, und spiele nicht.«

»Ich weiß, was du vorhast, Jake. Du versuchst es mir auszureden, weil Bokat dir in Wirklichkeit gar nicht angeboten hat, es ebenfalls zu versuchen. Du bist eifersüchtig!« Nog fuhr herum und ging zur Tür.

Jake eilte ihm hinterher. »Komm schon, Nog. Du müßtest mich doch besser kennen.«

»Na schön. Beweise es. Komm mit mir zum Spiele-Basar. Dann versuchen wir uns gemeinsam an der Zhodranischen Kristallsuche.«

»Ich kann nicht. Ich hänge hier fest, bis ich meinen Aufsatz fertig habe.«

»Wie gelegen dir das kommen muß!« Mit einem entrüsteten Schnaufen verließ Nog den Raum.

Besorgt ging Jake zum Schreibtisch zurück. Die Zeit schleppte sich nur so dahin. Sein Vater rief an und sagte, er würde später kommen. Jake holte sich zum Abendessen ein Sandwich aus dem Replikator und ging dann in der Hoffnung, sein schwerfälliges Gehirn wieder in Gang zu bringen, unter die Dusche. Er begann mit einem ersten Entwurf seines Aufsatzes, erwischte sich aber wiederholt dabei, daß er einfach nur ins Leere starrte. Er konnte sich nicht konzentrieren und wurde das Gefühl nicht los, daß Nog sich gewaltige Schwierigkeiten einbrockte. Das war an sich nichts Neues, aber diesmal würde der Ärger vielleicht größer sein, als sein Ferengi-Freund ahnte.

Da er mit dem Aufsatz sowieso nicht vorankam, entschloß Jake sich, eine Pause zu machen. Er würde nichts zustande bringen, bis er sich vergewissert hatte, daß mit Nog alles in Ordnung war. Besorgt ging er zur Tür. Sein Vater hatte ihm das *Spielen* verboten. Aber er würde nicht spielen. Er würde nur zuschauen.

Doch der Spiele-Basar war geschlossen.

Jake stand auf der dunklen Arcade und schaute durch die durchsichtige Tür. Die Lampen unter der Decke leuchteten nur gedämpft, und die blitzenden Lichter auf den Geräten und Bildschirmen ließen das verlassene Innere unheimlich wirken. Weder Nog noch Bokat waren zu sehen. Jake fiel kein Grund ein, weshalb ein gieriger Ferengi-Kaufmann seinen Laden zur Hauptgeschäftszeit schließen würde – außer Odo. Vielleicht hatte der Sicherheitsoffizier Bokats Lizenz widerrufen.

*So ein Pech,* dachte Jake. Zweifellos war Nog sauer, weil er die Zhodranische Kristallsuche nun doch nicht spielen konnte, aber vielleicht war er nicht mehr wütend auf ihn, Jake. Der kleine Ferengi hatte wahrscheinlich eins ihrer geheimen Verstecke aufgesucht und schmollte dort vor sich hin. Als Jake sich umdrehte und gehen wollte, blieben zwei jorsianische Bullen stehen und spähten in das Schaufenster.

»Geschlossen!« brüllte der größere der beiden Bullen. Sein gewaltiger Partner zuckte mit den Achseln, und beide stürmten weiter, um sich irgendwo anders zu vergnügen. Jake drückte sich gegen die Tür, um nicht zu Boden getrampelt zu werden, und schrie dann überrascht auf, als die Tür sich hinter ihm öffnete. Er stolperte zurück, fiel in die Arcade und landete mit einem schmerzhaften Aufprall auf dem Boden.

Ein grauenerregender Schrei zerriß die Stille.

Nog!

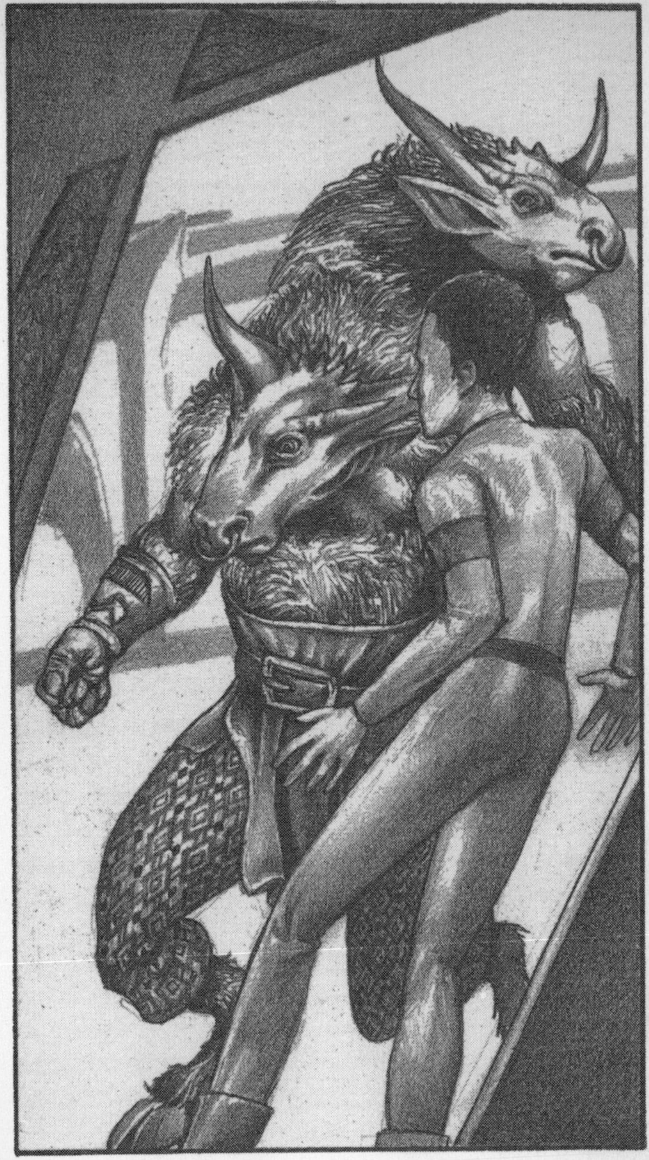

# 5

Jake rollte sich unter den Star Raiders-Automaten und erstarrte. In dem Raum war nur das Trommeln, Piepen und Pfeifen der Geräte zu vernehmen. Die einzigen Bewegungen stammten von aufblitzenden Lichtern. Vorsichtig kroch er zur Rückwand der Arcade und benutzte dabei die Flipper-Geräte als Deckung. Er blieb neben dem antiken Road Race 2000-Modul stehen, spähte durch das offene Cockpit und überlegte, ob er Hilfe holen sollte. Dann fiel ihm wieder Nogs entsetzter Schrei ein. Dazu war keine Zeit.

»Ja!« Nogs triumphierender Ruf wurde von den Wänden zurückgeworfen.

Jake sank gegen das Modul und kam sich wie der letzte Trottel vor. Nog war *nicht* in Gefahr. Er spielte in einem anderen Raum die Zhodranische Kristallsuche. Sein Schrei war nur eine aufgeregte Reaktion auf das Spiel gewesen. *Muß ja wirklich das reinste Dynamit sein,* dachte Jake, als er sich erhob und seinen Overall abbürstete. Da er sich bereits in der Arcade befand und Bokat ihn eingeladen hatte, sah er nicht ein, weshalb er nicht bleiben und ihm zusehen sollte.

»Hab dich fast erwischt ...« Nog lachte.

Dem Klang von Nogs Stimme folgend, bahnte Jake sich den Weg durch den engen Gang zu einer Schiebetür in der hinteren Wand. Als die Tür zur Seite glitt, zerriß ein weiterer panikerfüllter Schrei die Stille. Erschrocken blieb Jake direkt hinter der Schwelle stehen. Die Tür schloß sich hinter ihm.

Der kleine, nur schwach erhellte Raum war leer bis auf zwei Sessel und ein paar hochmoderne Videogeräte. Ein reich verzierter silberner Helm, in den unbekannte Symbole eingraviert waren, lag auf dem Boden. Ein langes Kabel verband das Gerät mit einem Datenchip-Recorder. Der Monitor wurde dunkel, summte und zeigte dann die Darstellung eines gebirgigen Geländes. Jake setzte sich fasziniert und sah zu.

Das Bild glitt vom Fuß eines hohen, felsigen Hügels nach oben. Eine goldene Kugel, die in einer flachen Vertiefung auf dem Gipfel des Hügels lag, leuchtete in der Sonne auf.

»Ja!« Nogs Stimme!

Jake lachte laut. Er beobachtete die Szene wie durch Nogs Augen. Klauenartige Ferengihände erschienen, als Nog zu der goldenen Kugel hinaufkletterte. »Hab dich fast…« Nog griff nach dem Ball.

Wie Nog sah auch Jake die Gefahr erst, als es zu spät war. Ein Felsbrocken links von ihnen bewegte sich. Es war gar kein Stein. Jake erschauerte. Eine Schlange. Das dreieckige Muster auf der Haut der riesigen Viper war in gedämpften Grün- und Brauntönen gehalten und bot zwischen den moosbewachsenen Felsen die perfekte Tarnung. Die Schlange griff an und schlug lange, scharfe Fangzähne in das Bein des jungen Ferengi. Nog schrie auf und brach zusammen.

Jake kniff verwirrt die Augen zusammen. Die goldene Kugel war kein Kristall, aber es mußte sich um eine Aufzeichnung von Nogs Versuch handeln, die Zhodranische Kristallsuche zu spielen. Offensichtlich hatte auch Nog nicht gewonnen.

Wo war er also? Jake grinste. Nog machte sich wahrscheinlich rar, weil er nicht eingestehen wollte, daß auch er verloren hatte.

Der Bildschirm wurde wieder dunkel und summte; dann fing die Sequenz wieder von vorn an. Der Recorder war auf den Replay-Modus eingestellt, doch es handelte sich um ein in der Föderation gebräuchliches Gerät. Jake unterbrach die Aufzeichnung und wies den Datenchip an, das Programm von Anfang an abzuspielen. Der Bildschirm wurde dunkel.

Ein leises Summen erklang aus dem Helm, der auf dem Boden lag. Jake hob ihn auf und drehte ihn in den Händen. Seine Haut prickelte leicht; das war eine Reaktion auf die elektrischen Ströme, die durch das schwere Metall flossen. Das Gerät war völlig fremdartig, arbeitete anscheinend jedoch nach demselben Prinzip, das auch dem Helm zugrunde lag, den er bei dem Intelligenztest getragen hatte. Der Spieler nahm das Szenario so wahr, als wäre es echt, und die Ergebnisse konnten auf dem Hilfsschirm überwacht werden.

Noch ein Schrei. Diesmal von Tena Lin. Jake schaute zum Bildschirm, sah aber nur eine sengende Flammenwand.

Der Bildschirm wurde wieder dunkel. Dann sah Jake die Hände eines Selay, die ein Tau umklammerten, und hörte ein entsetztes Zischen. Der Blickwinkel veränderte sich; nun machte Jake unter sich einen tiefen Abgrund aus, und das Bild verschwamm, als die Felsen plötzlich an ihm vorbeirauschten. Rotor hatte den Halt verloren. Er fiel mit einem kreischenden Schrei, der dann abrupt aufhörte, in die Tiefe. Der Bildschirm wurde wieder leer.

»Jetzt kannst du es versuchen«, sagte hinter ihm eine tiefe, heisere Stimme.

Jake sprang auf, wirbelte herum und stand Bokat gegenüber. Er hatte sich dermaßen in die Darstellungen auf dem Bildschirm vertieft, daß er nicht gehört hatte, wie die Tür sich öffnete und wieder schloß. Seine Stimme zitterte leicht, als er antwortete, teilweise vor Schuldgefühlen, weil Bokat ihn beim Herumschnüffeln erwischt hatte, teilweise vor Furcht. »Ich habe Ihnen doch gesagt, daß ich nicht spielen kann. Mein Vater …«

»Dein Vater ist nicht hier«, schnaubte Bokat.

Besorgt trat Jake zur Seite und griff nach seinem Kommunikator – der sich nicht an seiner Brust befand. O nein! Da er nicht vorgehabt hatte, sein Quartier zu verlassen, hatte er ihn nicht an dem neuen Overall befestigt, nachdem er geduscht hatte. »Wo ist Nog?«

Bokat versperrte ihm den Weg zur Tür. »Er hat sich verirrt – genau wie deine anderen Freunde. Aber die waren nicht die besten Spieler. Das bist du, Jake Sisko.«

»Verirrt? Ich verstehe nicht ganz.« Noch immer den Helm umklammernd, wich Jake langsam in die andere Richtung zurück. Er verstand nur allzu gut, aber er wollte Bokat ablenken. Nog war während des Spiels verletzt worden, genau wie Tena Lin und Rotor. Er fragte sich, ob man Nogs im Koma liegenden Körper schon gefunden hatte und Odo die vorgetäuschten Unfälle dann endlich mit der Arcade in Verbindung bringen würde. Aber das kam ihm nicht sehr wahrscheinlich vor.

»Sie haben sich im Spiel verirrt, Jake. Ihre körperlichen Verletzungen können geheilt werden, aber ihr Verstand bleibt auf alle Ewigkeiten darin gefangen, weil sie versagt haben. Du könntest jedoch gewinnen.«

»Vielleicht.« Jake zuckte mit den Achseln und warf

einen Blick auf den Helm. Wenn es ihm gelang, den Ferengi am Sprechen zu halten, würde Bokat vielleicht nachlässig werden, und Jake könnte zur Tür stürmen.

»Du mußt gewinnen. Nur auf diese Weise kannst du die Zhodranische Kristallsuche überleben.« Bokat beugte sich vor. »Und nur so kann ich den Da-hahn-Kristall finden.«

»Was ist das?« fragte Jake.

»Der Schlüssel zu universeller Macht.« Ein Schweißfilm glänzte auf Bokats Gesicht, und er leckte sich mit Vorfreude die Lippen. »Der Da-hahn-Kristall ist ein uraltes zhodranisches Artefakt, das dem, in dessen Besitz es sich befindet, absolute Unbesiegbarkeit und Unsterblichkeit verleiht. *Ich* habe vor, es zu finden, und du wirst mir helfen.«

Jake nickte und tat so, als würde er über den Vorschlag des Ferengi nachdenken. Die Konsequenzen, die die Zhodranische Kristallsuche nach sich zog, waren viel schrecklicher, als er es sich vorgestellt hatte. Die Verletzungen, die man sich bei dem Spiel zuzog, waren echt – und noch schlimmer war, daß das unheimliche Gerät den Verstand einkerkerte.

»Und was, wenn ich nicht spielen werde?« fragte Jake mit anmaßender Starrköpfigkeit. Er warf den Helm in die Luft und bemerkte Bokats entsetzten Gesichtsausdruck und extreme Erleichterung, als er ihn wieder auffing.

»Oh, du wirst schon spielen. Du hast keine Wahl.«

Jake wich zurück, als Bokat langsam näher kam. Die Ferengi waren klein, aber für ihre Größe sehr stark. Er war dem drahtigen Händler in einem Kampf Mann gegen Mann nicht gewachsen und mußte sich überlegen, wie er aus diesem Dilemma herauskam.

»Ich verliere nicht gern«, sagte Bokat. »Wenn du das Spiel gewinnst, bekomme ich den Kristall und damit die Macht, mich zu schützen. Wenn du verlierst, bleibst du in der Spielmatrix gefangen, wo du niemandem sagen kannst, was du weißt. Ich gewinne so oder so.«

»Was ist dabei für mich drin?« fragte Jake und wich nun zur Seite zurück, um sich nicht an die Wand und damit in die Ecke treiben zu lassen. Flucht war seine einzige Hoffnung, sich und seine Freunde zu retten.

»Dein Leben und die Befriedigung, gewonnen zu haben... falls du gewinnst«, erwiderte Bokat mit einem selbstgefälligen Grinsen. »Und wenn nicht...«

»Das reicht mir nicht, Bokat«, bluffte Jake und hielt den Helm hoch in die Luft. Er wagte es jedoch nicht, das Gerät zu beschädigen. Sollte es zerstört werden, bestand vielleicht keine Aussicht mehr, die in den Schaltkreisen des Spiels gefangenen Geistesinhalte zu befreien. Doch Bokat benötigte das Spiel ebenfalls. Als Ferengi war ihm nicht klar, wie hoch Menschen das Wohlergehen anderer einschätzten. Jake setzte darauf, daß Bokat davon ausging, er würde das Spiel lieber zerstören, als es gegen seinen Willen zu spielen, und es funktionierte.

»Sei vorsichtig!« Bokat griff nach dem Gerät.

Jake duckte sich, drückte den Helm an seine Brust und lief los. Dabei riß er das Kabel von dem Recorder ab; es peitschte um seine Beine und schlang sich um Bokats Arm. Der Ferengi heulte auf und zögerte, und Jake gewann ein paar Sekunden. Er schoß aus dem Raum, stolperte über das hinabbaumelnde Kabel und fiel zu Boden. Er rollte sich auf dem Gang ab und hielt den Atem an, als Bokat in die dunkle Arcade stürmte.

»Du kannst mir nicht entkommen.« Bokat griff nach dem Kontrollschalter der Beleuchtung, überlegte es sich dann jedoch anders. Das Licht würde die Aufmerksamkeit der Passanten auf sein tödliches Versteckspiel leiten. Der Ferengi holte einen Sicherheitschip aus seiner Tasche und ging zur Tür.

Jake rollte das Kabel um den Helm, setzte ihn auf und klappte das Visier hoch, damit er etwas sehen konnte. Er mußte beide Hände frei haben und wollte den Beweis für Bokats betrügerischen Plan nicht zurücklassen. Außerdem hing das Leben seiner Freunde davon ab, daß er Dr. Bashir den Helm und das Spiel brachte. Jake war Bokat zwar kräftemäßig nicht gewachsen, aber schneller. Sobald er auf der Promenade war, konnte er um Hilfe rufen. Doch zuerst einmal mußte er verhindern, daß Bokat die Tür verschloß.

Hektisch suchte Jake die Konsolen in seiner Reichweite mit den Blicken ab. Direkt hinter ihm befand sich Laser War, ein Scharfschützen-Spiel aus dem späten zwanzigsten Jahrhundert. Jake erhob sich vorsichtig und zog die Laserpistole aus einem Schlitz an der Seite. Man mußte seinen Kreditkode nur eingeben, wenn man die Anzeigetafel aktivieren wollte. Die Pistolen und Ziele waren ständig aktiviert.

Während Jake den Ferengi im Auge behielt, der durch einen Nebengang schlich, machte er ein anderes laseraktiviertes Spiel unmittelbar vor Bokat aus. Er schoß, als der Ferengi sich auf gleicher Höhe befand, und traf mitten ins Schwarze. Eine Sirene jaulte auf, Glocken klingelten, und Lichter blitzen. Bokat sprang mit einem verblüfften Schrei zur Seite und fiel zu Boden. Jake huschte zur rechten Wand, womit er seine Position für den Spurt in die Freiheit beträchtlich verbessert hatte.

Bokat erholte sich schnell. Er sprang wieder auf und suchte den Raum mit den Blicken ab, während er den Weg zur Tür fortsetzte.

Jakes Zeit wurde zwar allmählich knapp, aber er hatte noch jede Menge Möglichkeiten. Er kauerte nun neben Target-Ball, einem primitiven Spiel, bei dem man Kugeln aus einem primitiven Material eine Gasse entlang und in runde Körbchen rollen mußte. Je kleiner das Körbchen, desto höher die Punktzahl. Jake gab seinen Kreditkode ein und richtete sich auf, als elf Kugeln auf ein langes, schmales Tablett rollten.

Der scheppernde Lärm machte Bokat auf ihn aufmerksam, und der Ferengi beschleunigte seine Schritte. Jake ergriff zwei Kugeln, zielte und warf sie. Die erste traf Bokat gegen die Schulter und ließ ihn abrupt verharren. *Der Kandidat hat neunundneunzig Punkte,* dachte Jake. Die zweite Kugel verfehlte ihr Ziel knapp, aber nur, weil Bokat zur Seite sprang und ihr auswich. *Auf ein Neues.* Die dritte Kugel prallte gegen die Brust des Ferengi. Bokat atmete laut aus und taumelte. *Treffer.* Falls er lebend aus der Arcade herauskam, mußte er das Werfen üben, wenn er und sein Vater das nächste Mal in Quarks Holokammern Baseball spielten. Die vierte Kugel streifte ein großes Ferengiohr und prallte gegen den Flipper hinter Bokat. *Foul.* Funken stoben auf, und Jake tat es ihnen gleich.

Mit den restlichen sieben Kugeln bewaffnet, raste er durch den Gang und warf dabei hektisch und ungezielt. Die Hälfte der Kugeln verfehlte ihr Ziel, doch das Sperrfeuer verhinderte, daß Bokat ihm folgen konnte, während Jake die letzten paar Meter zur Tür hetzte.

Bokat stolperte und fiel über die Kugeln, die auf dem Boden lagen. »Haltet den Dieb! Haltet ihn!« rief er aus voller Kehle.

Jake stürmte durch die Tür und prallte gegen Odo.

»Haben wir es eilig, Mr. Sisko?«

# 6

»Lassen Sie ihn nicht entwischen!« kreischte Bokat. »Er ist in meine Arcade eingebrochen und hat ein wertvolles Gerät gestohlen!«

»Ach ja?« Odo betrachtete den Helm auf Jakes Kopf. Ein elastischer Arm schnellte vor, und Odos Hand schloß sich um Jakes Schulter. »Nicht so schnell, junger Mann.«

Von seiner knappen Flucht noch völlig außer Atem, konnte Jake weder etwas sagen, noch Widerstand leisten, als Odo ihm den Helm vom Kopf nahm. Er konzentrierte sich darauf, sein hämmerndes Herz und den rasenden Puls zu beruhigen, während Odo ihn zurück in die Arcade drängte.

»Ausgezeichnete Arbeit, Mr. Odo!« Bokat setzte ein schmeichlerisches Lächeln auf. »Nun, da Sie den Einbrecher gefaßt haben, hätte ich gern mein Eigentum zurück – falls Sie nichts dagegen haben.«

»Ich habe etwas dagegen. Das ist ein Beweisstück.« In Odos Uniform bildete sich eine große Tasche, und er steckte den Helm hinein. Mit einem beiläufigen Blick auf die Tür trat Odo ein. Er hob eine der Kugeln auf, die am Boden lagen. »Keine Anzeichen für ein gewaltsames Eindringen, aber es sieht ganz so aus, als hätte es einen Kampf gegeben.«

Bokat wurde nun nervös und glaubte, sich verteidigen zu müssen. »Natürlich gab es einen Kampf! Ich habe den Jungen beim Diebstahl erwischt! Verhaften Sie ihn! Ich will mein Eigentum zurückhaben!«

Jake schüttelte nachdrücklich den Kopf. »Ich habe nichts gestohlen, Odo«, brachte er erstickt hervor. »Gefahr … im Hinterzimmer …«

»Und Vandalismus!« unterbrach Bokat den Jungen und zeigte auf den beschädigten Flipper. »Sehen Sie sich dieses Durcheinander an! Sollten wir nicht lieber ins Sicherheitsbüro gehen? Ich will Anklage erheben. Und mein Spiel zurückhaben!«

Jake wußte, Bokat wollte nicht, daß Odo das Hinterzimmer betrat. Der Ferengi spielte auf Zeit, damit er die Datenchips zerstören konnte. Die Aufzeichnungen wiesen nach, daß er etwas mit den Unfällen der Kinder zu tun hatte. Einen anderen handfesten Beweis gab es nicht.

»Es ist kein Spiel, Odo!« sagte Jake verzweifelt. »Es ist eine außerirdische Schatzkarte, und Nog …« Zu spät wurde Jake klar, daß es genau das *Falsche* gewesen war, Nog zu erwähnen. Der junge Ferengi war ein unverbesserlicher Unruhestifter und eine ständige Quelle des Ärgers für die Sicherheitsabteilung der Station, besonders für Odo.

»Nog? Das paßt ja genau ins Bild.« Odo drehte sich abrupt um schob Jake auf die Promenade. »Sie auch, Bokat.«

»Selbstverständlich! Das ist eine unbezahlbare und unglaublich wertvolle Antiquität.« Wie Jake mußte auch Bokat sich bemühen, mit Odos langen Beinen Schritt zu halten. »Ich möchte, daß sie mir unverzüglich zurückgegeben wird …«

»Halten Sie die Klappe«, fauchte Odo und fügte dann ein sarkastisches »Bitte!« hinzu. Während er an Jakes Arm zerrte, damit der Junge nicht zurückblieb, berührte der Sicherheitsoffizier seinen Kommunikator. »Odo an Sisko. Wir haben ein Problem.«

Es war sinnlos, mit Odo zu streiten, und Jake versuchte es gar nicht erst. Aber sein Vater würde zuhören. Er konnte nur hoffen, daß es dann nicht zu spät war.

Benjamin Sisko betrachtete den fremdartigen Helm mit einem skeptischen Stirnrunzeln.

Jake saß ganz ruhig da. Ihm war klar, daß seine hektischen Erklärungen absurd geklungen hatten. Irgendwie mußte er Sisko und Odo überzeugen, die Bänder in Bokats Hinterzimmer sicherzustellen, bevor der Ferengi sie löschte. Ohne diesen Beweis konnte Jake seine phantastisch klingende Geschichte nicht untermauern, und wertvolle Minuten waren schon verloren.

»Jake lügt nicht«, sagte Sisko ruhig.

»Ach, hören Sie doch auf, Commander.« Bokat verdrehte die Augen. »Er will nicht wegen schweren Diebstahls verurteilt werden. Außerdem hat er Ihnen nicht gehorcht! Sie haben ihm das Spielen verboten! Er ist in die Arcade eingebrochen, um zu spielen. Das Geschäft war geschlossen. Niemand war in der Nähe. Wer würde schon davon erfahren? Er hat den Helm genommen und ist in Panik geraten, als ich ihn erwischt habe.«

»Ich bin nicht eingebrochen!« sagte Jake hitzig. »Ich bin hineingefallen – zufällig. Die Tür war nicht abgeschlossen.«

Odo sah den stirnrunzelnden Geschäftsmann an. »Ziemlich nachlässig von Ihnen, Bokat, die Tür Ihres Ladens nicht zu verschließen.«

Der Ferengi zuckte mit den Achseln und verlagerte sein Gewicht. »Vielleicht, aber das entschuldigt nicht das Verbrechen des Jungen. Er hat eine seltene Antiquität gestohlen.«

Sisko kniff die dunklen Augen zusammen und trat näher an Bokat heran. »Es kommt mir ziemlich seltsam vor, den Laden während der Hauptgeschäftszeit zu schließen – für einen Ferengi jedenfalls.«

Bokat zappelte unbehaglich hin und her. »Ich mußte mich um andere, profitablere Angelegenheiten kümmern.«

»Ja«, sagte Jake. »Zum Beispiel, den bewußtlosen Nog irgendwo abzuladen.«

»Ich protestiere!« Bokats Gesicht lief rot an. »Das ist eine absurde Lüge!«

»Ich nehme Ihren Einwand zur Kenntnis«, sagte Sisko ruhig und drehte sich dann zu Jake um. »Erzähle mir noch einmal alles, was passiert ist, von Anfang an.«

Jake atmete tief ein und ordnete seine Gedanken. »Ich habe mir um Nog Sorgen gemacht. Bokat hatte uns angeboten, uns an einem Spiel namens Zhodranische Kristallsuche zu versuchen – kostenlos.«

Eine kleine Delle erschien über Odos rechtem Auge, als er den Ferengi überrascht musterte. »Hast du ›kostenlos‹ gesagt?«

»Das kann ich erklären…« Bokat sprang plötzlich auf, setzte sich aber wieder, als Sisko ihn anbrüllte: »Später, Bokat!«

Auf ein Nicken seines Vaters fuhr Jake fort. »Ich habe ebenfalls Verdacht geschöpft. Also wollte ich nachsehen. Das ist alles, Dad. Du hast mir verboten zu spielen, aber nicht gesagt, ich dürfe nicht zum Spiele-Basar gehen.«

»Ein feiner, aber wahrer Unterschied«, gestand Sisko ein. »Fahre fort.«

Jake erzählte seine Geschichte ohne weitere Unterbrechungen. Als er fertig war, dachten Sisko und Odo über das Gehörte nach. »Du glaubst also«, fragte Odo schließlich, »daß dieses... Spiel für die Unfälle verantwortlich ist, die dieser junge Selay und Tena Lin hatten?«

»Ja. Und auch dafür, daß sie im Koma liegen.« Jakes Blick huschte hoffnungsvoll zwischen den beiden Erwachsenen hin und her.

»Hat Bokat ihnen angeboten, sie spielen zu lassen?« fragte Sisko.

»Das weiß ich nicht. Bokat hat mir und Nog gesagt, wir sollten niemandem von seinem Angebot erzählen.« Jake seufzte; mittlerweile war er fast verzweifelt. »Wo ist Nog überhaupt? Wir müssen ihn finden! Er wurde von einer Schlange gebissen und liegt wahrscheinlich ebenfalls im Koma!« Jake schaute seinen Vater an. »Bitte glaub mir!«

Sisko erwiderte Jakes bittenden Blick und berührte seinen Kommunikator. »Computer. Stelle den Aufenthaltsort des jungen Ferengi Nog fest.«

Der Computer antwortete mit steifen, abgehackten Tönen. *»Der Ferengi Nog verläßt gerade Quarks Restaurant.«*

Sisko betrachtete Jake mit aufrichtigem Bedauern. »Offensichtlich ist Nog wohlauf und treibt sich auf der Promenade herum.«

Jake runzelte verwirrt die Stirn. Warum war Nog in Ordnung, während Lin und Rotor bewußtlos auf der Krankenstation lagen?

Bokat sprang auf. »Kann ich jetzt gehen?«

Odo nickte und legte dann seine Hand auf die Bokats, als der Ferengi nach dem Gerät griff. »Ich habe keinen Grund, Sie festzuhalten, werde dieses Beweismittel aber vorerst behalten.«

»Nein!« Jake sprang auf. »Wenn Sie ihn gehen lassen, wird er die Datenchips löschen!«

Der Gestaltwandler schaute plötzlich auf und reckte kurz den Hals, während er an Sisko vorbei aus den Bürofenstern schaute. Jake drehte sich um und schnappte nach Luft. Rom lief mit Nogs schlaffem Körper auf den Armen zur Krankenstation. Sein bester Freund war *tatsächlich* in dem fremden Spiel gefangen!

»Berichtigung, Bokat«, sagte Odo. »Sie gehen noch nirgendwo hin. Sie müssen uns einiges erklären.«

»Ich habe nichts zu sagen.« Bokat schob starrsinnig den Kiefer vor.

»Sie wollen eine Ermittlung behindern, Bokat?« Sisko grinste. »Odo erzielt beeindruckende Erfolge, wenn es darum geht, zögernden Verdächtigen Antworten zu entlocken. Ich habe ihn nie gefragt, wie er das anstellt. Er erzielt Ergebnisse. Komm mit, Jake.« Sisko ergriff den Helm und ging zur Tür.

Jake warf einen Blick zurück und sah, daß Odo die vertraute Gestalt eines mythischen Ferengest in einer weißen Robe annahm. Die Ferengi glaubten, daß diese uralten Geister mit ihren Kapuzen und den leuchtend roten Augen den Nachkommen derer, die gegen die Grundsätze der Ferengi-Ethik verstoßen hatten, Pech und Armut brachten. Ein Außerirdischer, der wie ein Ferengest aussah, hatte sich einst mit Jake angefreundet, doch Nog hatte wegen Dhraako noch immer Alpträume.

Bokat fiel auf die Knie und hielt Sisko am Bein fest. »Lassen Sie mich nicht allein mit ihm zurück! Ich bitte Sie! Haben Sie Gnade!«

Sisko riß sich von dem Ferengi los und ging weiter. »Ich schlage vor, Sie packen aus, Bokat.«

Dr. Bashir und Miles O'Brien betraten Bokats Hinterzimmer, als Sisko und Wissenschaftsoffizier Jadzia Dax gerade damit fertig waren, Nogs Begegnung mit der Schlange zu betrachten. Alle stimmten überein, daß die Zusammenhänge zwischen diesen Aufzeichnungen und den Unfällen zu deutlich waren, als daß es sich um Zufälle handeln könnte. Tena Lin hatte sich schwere Verbrennungen zugezogen. In dem Spiel war sie von Feuer umgeben gewesen. Rotor war in eine Schlucht gestürzt. Er hatte sich ein Bein gebrochen. Das geheimnisvolle fremde Gerät war – irgendwie – dafür verantwortlich.

Jake saß neben der Wand auf dem Boden und fühlte sich ganz elend. Er war froh, daß sein Vater und die anderen Führungsoffiziere ihm nun glaubten, doch damit war seinen Freunden noch nicht geholfen. Vielleicht konnte man ihnen gar nicht mehr helfen.

»Jake hatte recht, Commander«, sagte Dr. Bashir. »Nogs Blut wurde mit einem biologischen Gift infiziert. Ich habe es neutralisiert, doch er liegt noch im Koma – genau wie Rotor und Tena Lin.«

»Wenigstens wissen wir jetzt, daß es kein Virus ist«, sagte O'Brien. »Noch eine Minute gemeinsam mit diesem Selay in einem Raum, und Odo hätte mich wegen Körperverletzung verhaftet.«

»Wo ist Captain Gaynor jetzt, Doktor?« fragte Sisko.

»Ich habe ihn auf sein Schiff zurückgeschickt – bis wir genau wissen, was hier gespielt wird. Die Selay können ein wenig... destruktiv sein, wenn sie wütend sind.«

»Was ist mit diesen Kindern passiert, Commander?« fragte O'Brien.

Sisko erklärte Jakes Theorie, während Dr. Bashir und O'Brien sich die Aufzeichnung ansahen.

»Wie sie verletzt wurden, spielt jetzt keine Rolle, Dad.« Jake stand auf und betrachtete die besorgten Gesichter der Erwachsenen, die ihn umgaben. »Dr. Bashir hat ihre körperlichen Verletzungen geheilt. Wir müssen herausfinden, wie wir ihre Geistesinhalte aus der Spielmatrix holen können.«

»Darf ich mir das mal ansehen, Commander?« O'Brien ließ sich von Sisko den Helm geben. »Du behauptest also, daß ihr Geist in diesem Gerät gefangen ist, Jake?«

»Ja. Bokat hat gesagt, sie hätten sich auf ewig darin verirrt.«

O'Brien betrachtete das Artefakt stirnrunzelnd. Er war ein Technik-Experte, einer der besten Ingenieure bei Starfleet, doch er schaute völlig verwirrt drein. Jakes Hoffnungen bekamen einen Dämpfer.

»Bokat könnte recht haben.« Dax betrachtete die Monitore; sie hatte ihren hübschen Mund zu einer harten, grimmigen Linie zusammengepreßt. »Ich habe von den Zhodranern und der Legende um den Dahahn-Kristall gehört.«

»Irgend etwas, das uns helfen könnte?« fragte Sisko.

Jake hörte aufmerksam zu. Obwohl der Gastkörper der Trill, Jadzia, jung war, war der Symbiont in ihr, Dax, dreihundert Jahre alt. Jadzia standen drei Jahrhunderte des Wissens und der Erinnerungen zu ihrer Verfügung. Vielleicht wußte sie ja tatsächlich etwas Wichtiges.

»Die Zhodraner sind eine sehr einsiedlerische Spezies«, erklärte Dax. »Sie vermeiden jeden Kontakt mit Fremden. Sie glauben, daß der Da-hahn-Kristall dem, der ihn besitzt, große Macht und ewiges Leben schenkt. Aber das ist nur eine Legende. Es gibt keinen Beweis dafür, daß der Kristall tatsächlich existiert.«

»Aber das Spiel existiert«, stellte Sisko fest.

»Eigentlich ist es eine Karte«, warf Jake ein. »Die Position des Kristalls wird am Ende der Suche enthüllt.«

»Aber wo hat Bokat ein so gefährliches Gerät her?« Dr. Bashir trat beiseite, als Odo zur Tür hereinkam.

»Wahrscheinlich hat er es den Zhodranern gestohlen«, witzelte O'Brien.

»Irgend jemand hat es gestohlen«, sagte Dax.

»Aber nicht Bokat«, sagte Odo nachdrücklich. »Er hat es vor drei Jahren einem Orion-Piraten für sechs Barren in Gold gepreßtes Latinum abgekauft. Der Orioner kam nicht dahinter, wie man das Gerät einschaltet. Bokat gelang es. Hätte er mich belogen, hätte ich es gemerkt.«

»Ich stimme mit Odo überein, Benjamin«, sagte Dax. »Das Artefakt ist vor dreißig Jahren verschwunden. Die Bibliothek enthält nur einen einzigen Verweis auf den Da-hahn-Kristall beziehungsweise ein damit zusammenhängendes Gerät. Vor drei Jahrzehnten wurde die Krone der Letzten Weisheit aus zhodranischen Archiven von Unbekannten gestohlen. Sie ist nie wieder aufgetaucht.«

Sisko runzelte die Stirn. »Bis jetzt.«

»Und sie ist unsere einzige Hoffnung, diese Kinder aus ihrem Koma zu holen.« Dr. Bashir warf O'Brien einen vielsagenden Blick zu. »Das fällt in Ihre Abteilung, Chief.«

»Um ganz ehrlich zu sein … ich habe nicht die geringste Ahnung, wie dieses Ding funktioniert.« O'Brien drehte das Gerät, damit Julian die innere Oberfläche sehen konnte. »Ich vermute, daß diese faserähnlichen Kontakte die Kopfhaut durchdringen und dem Gehirn Energie entziehen. Wenn wir das

Spiel auseinandernehmen, könnten wir den Mechanismus zerstören, in dem die Impulse aufbewahrt werden.«

»*Falls* ihre neuralen Muster überhaupt darin gefangen sind«, sagte Sisko. »Ihr Gehirn könnte sozusagen… kurzgeschlossen worden sein, und das Gerät hat die Impulse dann vernichtet.«

Entsetzt schüttelte Dr. Bashir den Kopf. »Wir müssen weiterhin davon ausgehen, daß ihr Geist in dem Gerät eingekerkert und noch lebensfähig ist«, beharrte er.

Sisko gab nach. »Einverstanden. Hat jemand eine Idee, wie wir jetzt vorgehen können?«

»Das Gerät läßt sich nicht mit einem Transporter vergleichen«, sagte O'Brien. »Es gibt keinen Kontrollmechanismus.«

Niemand hatte einen Vorschlag, und die Stille der verwirrten Unentschlossenheit zwang Jake zum Handeln. Die anderen hatten während des Gesprächs vergessen, daß er in den Schatten saß, doch nun trat er vor und ergriff kühn das Wort.

»Jemand muß hineingehen und sie herausholen.«

# 7

Jake bemühte sich, mit den Führungsoffizieren Schritt zu halten, die über die gut besuchte Promenade schritten. Auf Jakes Bitte hatte O'Brien mit Keiko Kontakt aufgenommen und sie gebeten, sich mit ihnen dort zu treffen. Odo hatte seinen Dienst wieder aufgenommen, und die restlichen Erwachsenen hatten sich dermaßen in ein Gespräch über das zhodranische Gerät und die Konsequenzen, die sich aus dem Spiel ergaben, vertieft, daß niemand auf die Idee gekommen war, ihn zu fragen, *warum* er in die Schule gehen wollte. Aber das würden sie noch tun. Sobald einer auf den Gedanken kam, die richtige Frage zu stellen.

»Jemanden in dieses Spiel zu schicken, läßt sich nicht damit vergleichen, ein Außenteam auf einen Planeten zu entsenden.« Sisko betrachtete beim Gehen den Boden. »Wir haben es hier nicht mit physikalischen Umständen zu tun, sondern mit *Gedanken*.«

»Doch, es ist das gleiche«, beharrte Jake. »Gewissermaßen.«

»Ich glaube, Jake hat recht«, sagte Dax und schloß zu Sisko auf. »Wenn wir in der physischen Welt auf ein Problem stoßen, überlegen wir mit dem *Verstand*, wie wir es lösen können.«

»Allerdings.« Dr. Bashir lächelte Dax aufmunternd zu. »Wenn jemand mit einem gebrochenen Bein auf dem Boden einer Grube liegt, denken wir zuerst darüber nach, *wie* wir das Opfer herausholen, bevor wir es tatsächlich versuchen. Bei dem Spiel besteht der einzige Unterschied darin, daß auch das Handeln im Geist stattfindet.«

Sisko war noch immer nicht überzeugt. »Aber dieses *Spiel* ist gefährlich. Wenn jemand eine falsche Entscheidung trifft, nimmt es sozusagen die elektrischen Impulse gefangen, aus denen bewußte Gedanken bestehen.«

Dax lächelte und schüttelte leicht den Kopf. »Benjamin, Sinn des Spiels ist es, die *richtigen* Entscheidungen zu treffen.«

»Genau!« rief Jake aus.

Dax blinzelte Jake zu. »Und Glück ist kein Faktor. Es werden keine Würfel geworfen, keine Karten zufällig verteilt, und es wird auch kein Rad gedreht. Der Erfolg hängt einzig und allein von Intelligenz und Geschick beim Lösen von Problemen ab. Der Spieler verläßt sich auf seine Fähigkeiten – und nicht auf den Zufall.«

»Das gestehe ich ein«, sagte O'Brien, »aber mir ist noch immer nicht klar, wie ein anderer Spieler die gefangenen Kinder befreien soll.«

Sie blieben vor der Schule stehen. Keiko war noch nicht da.

Jake erklärte seine Idee schnell. »Wenn der neue Spieler die Fallen vermeidet, denen Rotor, Lin und Nog zum Opfer gefallen sind, findet er wahrscheinlich eine Möglichkeit, sie von der Brücke, vor dem Abgrund und der Schlange zu retten.«

Sisko runzelte unsicher die Stirn, und O'Brien nickte nachdenklich.

»Es ist nur eine Theorie«, sagte Jake verzweifelt, »aber jedes Spiel, das ich je gespielt habe, ist so programmiert, daß man es gewinnen kann oder es zumindest Fluchtmöglichkeiten aufweist. Ansonsten wäre ein Spiel es gar nicht wert, gespielt zu werden.«

»Es kommt nicht nur darauf an, die Rätsel und Probleme zu lösen, Jake«, sagte O'Brien. »Die gefangenen Impulse müssen das Gerät auch wieder *verlassen* können.« Licht funkelte auf der silbernen Oberfläche des Helms, als O'Brien ihn hochhielt, um seine Worte zu unterstreichen. »Vier Geistesinhalte. Ein Gerät.«

»Nur ein Weg nach Hause.« Dr. Bashir seufzte.

»Können Sie das Gerät replizieren?« fragte Sisko.

»In einem cardassianischen Replikator?« schnaubte O'Brien und verdrehte die Augen. »Das würde ich nicht empfehlen. Außerdem könnte eine Replikation die Gedankenimpulse zerstören. Dieses Risiko dürfen wir nicht eingehen.«

»Darüber habe ich auch schon nachgedacht.« Jake hielt inne, als Keiko um die Ecke kam. In den Armen hielt sie ihre schläfrige Tochter Molly.

»Tut mir leid, daß es so lange gedauert hat. Ich mußte Molly anziehen. Worum geht es?« Keiko schloß den Unterrichtsraum auf, und alle strömten hinein. Jake lief sofort zu einem Schrank in der Ecke und holte den Föderationshelm heraus, den er beim Intelligenz- und Eignungstest getragen hatte. Er eilte zu der Gruppe zurück und wartete darauf, daß die anderen ihm ihre Aufmerksamkeit schenkten.

»Wir brauchen für jedes Gehirnmuster einen separaten Schaltkreis«, erklärte Dr. Bashir gerade Keiko. »Aber wir haben nur einen.«

»Zwei!« Jake hielt O'Brien den Helm vor die Nase. »Und der hier *kann* repliziert werden.«

»Was ist das?« fragte Dr. Bashir.

»Ein Testgerät der Föderation«, murmelte O'Brien

und warf Dax einen Blick zu. »Was halten Sie davon? Wird es funktionieren?«

Dax untersuchte die beiden Helme und nickte dann. »Ich glaube schon. Bokat hat die Kabelverbindungen so angelegt, daß sie mit einem üblichen Recorder kompatibel sind. Es müßte uns gelingen, drei Föderationshelme an das fremde Gerät anzuschließen und zusätzliche Impulskanäle zu öffnen.«

O'Brien grinste. Die technische Herausforderung, das fremde Gerät zu überlisten, faszinierte ihn. »Das zhodranische Gerät wird als Kontrollschalter funktionieren. Die Gedanken der Person, die ihn trägt, werden das gesamte Geschehen steuern.«

»Wer wird ihn tragen?« fragte Dr. Bashir.

»Ich bin für den Job am besten geeignet.« Alle Köpfe fuhren zu Jake herum. »Ich habe den Intelligenz- und Eignungstest mit überdurchschnittlichen Noten bestanden, und in der Arcade hat niemand so gute Spielergebnisse erzielt wie ich.«

»Auf keinen Fall!« Sisko ergriff Jakes Schultern. »Das ist nicht einfach ein neues Spiel. Dieses Gerät verletzt die Spieler. Es verzeichnet nicht die höchste Punktzahl. Man gewinnt oder verliert. Dazwischen gibt es nichts.«

»Das weiß ich, Dad, aber die Regeln sind die gleichen. Man kann gewinnen, und ich werde es schaffen!«

Sisko war völlig unbeugsam. »Drei Kinder wurden bereits verletzt. Ich lasse nicht zu, daß du das vierte sein wirst!«

»Aber ich bin am besten ...«

»Nein!«

»Verzeihung, Commander«, warf O'Brien vorsichtig ein. Siskos Augen blitzten, doch er ließ O'Brien sprechen. »Wir können nicht bestreiten, daß Jake über gewisse Fähigkeiten verfügt. Ich habe mich an diesen Spielen versucht – ohne großen Erfolg, befürchte ich. Ich habe nicht die schnellen Reflexe, die kurze Reaktionszeit wie jemand in Jakes Alter.«

»Chief O'Brien.« Sisko richtete sich zu voller Größe auf und schaute den Leiter der technischen Abteilung an. »Würden Sie zulassen, daß Molly ihr Leben riskiert?«

»Molly ist erst drei Jahre alt!« protestierte Jake. »Ich bin vierzehn – alt genug, um diese Entscheidung zu treffen.«

»Jake wird allmählich erwachsen, Commander«, sagte Keiko sanft. »Früher oder später werden Sie ihn loslassen müssen.«

Sisko lächelte traurig. »Mir wäre es lieber, wenn ich damit noch eine Weile warten könnte.«

O'Brien berührte Mollys Wange. »Bei uns wird das bestimmt nicht anders sein, wenn es einmal soweit ist.«

»Meine Freunde stecken in Schwierigkeiten, Dad«, sagte Jake ernst. »Ich bin die beste Chance, die sie haben, und ich will ihnen helfen.«

Sisko riß die Hände hoch. »Na schön!« bellte er. »Aber ich bestehe darauf, daß wir jede nur erdenkliche Vorsichtsmaßnahme ergreifen.«

»Kein Problem.« O'Brien versetzte Jake einen leichten Klaps und ging zur Tür. »Ich habe schon ein paar Sicherheitsschaltungen im Sinn.«

Jake reichte seinem Vater ernst die Hand. »Danke, Dad. Ich werde dich nicht enttäuschen.«

»Das will ich auch hoffen«, schnappte Sisko streng. Sein Gesichtsausdruck wurde weicher, als er Jakes Hand schüttelte.

Der Junge errötete vor Stolz. Es fühlte sich hervorragend an, den Respekt und das Vertrauen seines Vaters zu haben. Er konnte sich lediglich eines vorstellen, das noch besser war: seine Freunde lebend aus der Zhodranischen Kristallsuche zu befreien.

# 8

Jake saß auf einem Biobett und beobachtete, wie Dax, O'Brien und Dr. Bashir ihre Vorbereitungen abschlossen. Sobald er den Helm aufsetzte, würde auch sein Leben in Gefahr sein. Er *hatte* Angst – aber die Furcht setzte ihn nur zusätzlich unter Spannung. Er würde wachsam und bereit sein, sich mit jedem Problem zu befassen, vor das das fremde Spiel ihn stellte.

Als er zu Nog schaute, schien seine Brust sich zusammenzuziehen. Auf dem bleichen Gesicht des jungen Ferengi zeigte sich keine Spur von lebhafter Erregung. Hinter den leeren Augen wurden keine Streiche ausgeheckt. Er lag einfach da, reglos und still, mit einem Föderationshelm auf dem Kopf, der modifiziert worden war, damit er über seinen großen Schädel und die Ohren paßte. Das erweiterte neurale Netzwerk würde erst aktiviert werden, sobald die faserartigen Kontakte in dem zhodranischen Artefakt Verbindung mit Jakes Gehirn aufgenommen hatten.

Dann lag Nogs Schicksal – wie auch das von Tena Lin und Rotor – in Jakes Händen. *Oder in meinen Gedanken,* berichtigte Jake sich. Nun war ihm klar, unter welch zermalmendem Druck Benjamin Sisko Tag für Tag stand. Jeder an Bord der Station war von den Entscheidungen seines Vaters abhängig.

Nogs Vater hatte sich blicken lassen, um zu fordern, daß Dr. Bashir Nog so schnell wie möglich wieder auf die Beine brachte. Quark zwang Rom, doppelten

Dienst als Kellner und Abräumer zu leisten. Doch Jake wußte, daß das nur eine Entschuldigung war, um aus der Bar herauszukommen, in der gerade Hochbetrieb herrschte. Rom machte sich wirklich Sorgen um seinen im Koma liegenden Sohn.

Captain Gaynor und Tena Lins Eltern waren kurz darauf in die Krankenstation gekommen, um sich über den Zustand ihrer Kinder zu informieren und Dr. Bashir zu bitten, endlich etwas zu unternehmen. Der Arzt hatte ihnen eine sehr diplomatische Antwort gegeben und seiner Hoffnung Ausdruck verliehen, die Kinder würden völlig wiederhergestellt werden. Dann hatte er ihnen erklärt, die Anwesenheit aufgeregter Eltern würde den Heilungsprozeß behindern. Zuerst hatten sie nicht gehen wollen, doch schließlich hatte Dr. Bashir sie überzeugt. Jake war es unangenehm, im Mittelpunkt wissenschaftlicher und medizinischer Aufmerksamkeit zu stehen. Es hätte die Anspannung unerträglich gemacht, von gefühlsmäßig beteiligten Eltern beobachtet zu werden.

»Wir sind fast fertig, Jake.« O'Brien verband das zhodranische Gerät mit dem Datenchip-Recorder. Um Zeit zu sparen, waren Bokats Geräte beschlagnahmt worden. Commander Sisko hatte darauf bestanden, Jakes Fortschritte während des gesamten Spiels zu beobachten. Wenn etwas schiefging, konnten die Offiziere Jakes Vorgehen beobachten, um zu vermeiden, bei einem weiteren Versuch dieselben Fehler zu machen. Für den Fall, daß Jake scheiterte, würde Benjamin Sisko die nächste Rettungsaktion unternehmen.

Aber er würde nicht scheitern. Er war der beste Spieler auf Deep Space Nine. Er würde die Zhodranische Kristallsuche gewinnen und seine Freunde retten. Er mußte es einfach – aus Gründen, die weit über die Befriedigung hinausgingen, das Spiel erfolgreich zu beenden. Es war eine Sache von Leben und Tod.

»Wie fühlst du dich?« Sisko ging zu Jake und bemühte sich, nicht so besorgt dreinzuschauen, wie er sich fühlte.

»Gut.« Jake seufzte. »Vielleicht ein wenig nervös.«

»Das ist nicht ungewöhnlich.« Sisko beugte sich vor. »Ich werde immer nervös«, flüsterte er, »wenn es an der Zeit für die Beurteilung der Führungsoffiziere von Starfleet ist. Ein flaues Gefühl im Magen, Schweißausbrüche, schlechte Träume, Herzrasen. Es ist schrecklich.«

»Wirklich?« Jake setzte sich überrascht zurück. Sein Vater war der harte, anspruchsvolle Kommandant von Deep Space Nine. Seltsamerweise machte die Erkenntnis, daß der ältere Sisko gelegentlich ebenfalls Angst kannte, Jake Mut und hob seine Zuversicht. »Du kannst diese Beurteilungen nicht ausstehen?«

»Sie sind noch schlimmer als diplomatische Empfänge.« Mit einem verkniffenen Lächeln trat Sisko beiseite, als O'Brien und Dr. Bashir mit dem fremdartigen Helm hereinkamen. Dax blieb neben der Konsole stehen, die die Föderationshelme mit dem zhodranischen Gerät verband.

»Alles klar, Jake«, sagte Dr. Bashir freundlich. »Du mußt dir keine Sorgen machen. Das Biobett wird all deine körperlichen Reaktionen überwachen. In dem Augenblick, da du dir eine Verletzung zuziehst, werde ich mich sofort darum kümmern.« Der junge Mann zuckte zusammen, als O'Brien ihm einen warnenden Blick zuwarf und ihn gegen das Schienbein trat. »Ich rechne natürlich nicht damit, daß etwas Derartiges passiert«, fügte der Arzt schnell hinzu. »Du verstehst schon – nur eine Vorsichtsmaßnahme.«

»Natürlich.« Jake wußte ganz genau, daß alles mögliche schiefgehen konnte; aber wenn Dr. Bashir zur Stelle war, um mögliche Verletzungen zu versorgen, nahm ihm das einen Großteil der Anspannung. »Ich komme schon klar. Vielleicht macht die Sache mir sogar Spaß.«

»Bestimmt. Betrachte sie als großes Abenteuer.« O'Brien hielt den Helm hoch. »Wenn du soweit bist – ich bin bereit.«

Jake nickte und streckte sich auf dem Biobett aus. *Bereit oder nicht, es geht los,* dachte er, als O'Brien ihm das silberne Gerät aufsetzte. Ein warmes Prickeln breitete sich auf seiner Kopfhaut aus, dann wurde alles dunkel.

Commander Benjamin Sisko hatte sich noch nie so hilflos gefühlt. Sein einziges Kind ging auf eine gefährliche Mission – allein. Es gehörte zum Erwachsenwerden, schwierige Entscheidungen zu treffen, und Sisko konnte nicht abstreiten, daß Jake das Recht hatte, Verantwortung zu übernehmen. Jake war außergewöhnlich begabt und bei solchen Spielen sehr geschickt. Doch wenn ihm irgend etwas zustieß, würde Sisko es sich nie verzeihen.

»Er ist drin, Commander«, meldete Dax, die hinter der Integrationskonsole stand. »Die Föderationsverbindungen sind aktiviert.«

Siskos Herz machte einen Satz, als Jakes Gesichtszüge erschlafften.

»Die Lebenszeichen sind normal und bleiben stabil.« Dr. Bashir stand, von medizinischer Notfall-Ausrüstung umgeben, auf der anderen Seite des Biobettes. »Es wird keine Aktivität von Alpha-Gehirnwellen angezeigt.«

Sisko nickte bestätigend. Diese Entwicklung kam nicht unerwartet. Jakes Bewußtsein war in die fremden Schaltkreise des zhodranischen Geräts transferiert worden. Der Junge war auf sich allein gestellt.

»Commander!« rief O'Brien. »Ich bekomme ein Bild.«

Sisko drehte sich abrupt um und starrte auf den tragbaren Monitor, der einen Wald zeigte, wie Jake ihn sah. Kiefernnadeln bedeckten einen Pfad, der sich zwischen den majestätischen Bäumen einherschlängelte. Funkelnde Stäubchen tanzten in Sonnenstrahlen, die zwischen grünblättrigen Zweigen auf den Boden fielen. Ein großer, roter Vogel stob mit einem schrillen Schrei, der Jake schalt, die Ruhe der Wildnis gestört zu haben, von einem hohen Ast empor. Ein kleines, pelziges Tier mit wachsamen braunen Augen und einer zuckenden Nase schoß über den Pfad. Ein Bach verlief parallel zum Weg und plätscherte über Steine, die mit leuchtenden Kristallen bedeckt waren.

»Es tut mir leid«, sagte Dr. Bashir scharf. »Die Krankenstation ist wegen eines extremen Notfalls zur Zeit geschlossen.«

Sisko schaute stirnrunzelnd über die Schulter zurück. Ein ihm unbekannter humanoider Außerirdischer stand auf der Schwelle. Der große, schlanke Mann trug hohe, schwarze Stiefel über königsblauen, eng anliegenden Hosen und einen kurzen Umhang aus weißem Pelz über einer entsprechenden Jacke. Erstaunlich blaue Augen beherrschten ein wunderschönes Gesicht, das von langem, seidigem weißem Haar eingerahmt wurde. Er trug einen silbernen Stab, über den blaues Licht flackerte, in der einen und einen breiten Lederriemen in der anderen Hand. Dr. Bashir einfach ignorierend, trat er vor. Der silberne Stab gab ein leises Summen von sich.

Wütend trat Sisko dem Fremden entgegen. So eine Störung konnte er sich nicht bieten lassen. »Sie haben hier zur Zeit keinen Zutritt.«

Als der Fremde den Monitor sah, kreischte er auf und wirbelte den zusammengelegten Lederriemen über seinem Kopf. Eine Tasche in der Mitte des Gurts peitschte durch die Luft. Mit einem Knall ließ er ein Ende los und schickte einen weißen Stein durch den Raum. Sisko duckte sich, aber der Bildschirm zerbrach in einem Schauer aus Funken und Glas.

Dr. Bashir hieb auf seinen Kommunikator. »Odo! In die Krankenstation! Sofort! Ein fremder Eindringling greift uns an!«

»Was zum …« Sisko stolperte zurück, als der Fremde die Schleuder fallenließ, sich an ihm vorbeidrängte und zu Jake lief. Um Jakes Sicherheit fürchtend, warf Sisko sich auf den Mann und bekam ihn an der Hüfte zu fassen. Sie fielen in einem Gewirr um sich schlagender und tretender Arme und Beine zu Boden. Die Außerirdische schrie gellend auf und zappelte und wand sich unter Siskos massigem Körper. Doch da der Commander schwerer als der schlanke Humanoide war, gelang es ihm, den Eindringling festzuhalten, bis Odo auftauchte und den silbernen Stab ergriff. Der Fremde gab sofort jeden Widerstand auf.

Major Kira platzte einen Augenblick später herein. Sie blieb stehen, sah zuerst Sisko und dann Odo an und zuckte mit den Achseln. »Tja, Sie scheinen hier ja alles unter Kontrolle zu haben.«

»Mehr oder weniger«, sagte Sisko atemlos.

»Sein Schiff ist nicht bewaffnet, Commander. Und

meinen Sensoren zufolge ist er es auch nicht«, verteidigte Kira sich. »Ich hatte keine Ahnung, daß er eine Bedrohung darstellt, bis ich Dr. Bashirs Hilferuf hörte.«

Odo hob die zu Boden gefallene Schleuder auf und gab sie Kira. »Primitiv, aber wirksam, Major.«

Kira nickte und inspizierte den Lederriemen. »Und aus harmlosen natürlichen Materialien gefertigt. Die Waffendetektoren sind nicht darauf kalibriert, so ein Gerät zu melden.«

Sisko erhob sich und schaute zu dem Team hinüber, das Jakes Fortschritte überwachte. »Statusbericht.«

»Das zhodranische Gerät und die Föderationshelme arbeiten einwandfrei«, sagte Dax ruhig.

»Jakes Körperwerte sind noch immer normal.« Dr. Bashir sprach, ohne den Blick von den Sensoren des Biobettes zu nehmen.

»Aber wir haben den Sichtkontakt verloren.« O'Brien hämmerte mit der Faust auf den zerstörten Bildschirm. »Ich weiß nicht, wie ich diesen Schaden reparieren soll, Commander.«

Jake war in Ordnung. Aber wie lange noch? Sisko unterdrückte seinen Zorn, riß den Außerirdischen auf die Füße und starrte in lodernde blaue Augen. »Ich bin Commander Benjamin Sisko, der Kommandant dieser Raumstation. Wer sind Sie?«

Der Alien verkrampfte sich und entspannte sich dann wieder mit einem leisen Seufzen. »Ich bin Talarn, Hoherpriester des Zhodranischen Tempels des Lichts.«

»Weshalb haben Sie meinen Sohn angegriffen?«

Der Priester schaute zu Jake hinüber. »Er trägt die Krone der Letzten Weisheit. Ich suche nach ihr, seit sie vor vielen Jahren aus dem Tempel des Lichts gestohlen wurde.«

»Wieso haben Sie gewußt, daß sie sich hier befindet?« fragte Major Kira neugierig.

Talarn wandte sich an Odo. »Darf ich?« Er streckte eine geöffnete Hand nach dem silbernen Stab aus.

Sisko nickte, und der Sicherheitsoffizier gab dem Zhodraner das leuchtende Artefakt zögernd zurück. Als der Priester damit auf Jake zeigte, wurde das Summen lauter. Die blauen Lichter brannten noch heller und blitzten noch schneller auf.

»All diese Jahre«, sagte Talarn, »war der Lokator-Stab dunkel und still. Ich bin auf der Suche nach der Krone von Stern zu Stern gezogen. Als sie schließlich aktiviert wurde, reagierte der Stab, und ich bin ihr hierher gefolgt. Die Krone der Letzten Weisheit ist das geheiligte Eigentum Zhodrans. Sie müssen Sie augenblicklich zurückgeben.«

»Ich erkenne Ihren Anspruch an, Talarn.« Sisko hatte sich nun etwas beruhigt und schlug einen diplomatischen Tonfall an. »Und wir werden die Krone auch zurückgeben – nachdem mein Sohn und drei andere Kinder von der neuralen Matrix getrennt wurden.«

Talarn schüttelte traurig den Kopf. »Sie können nicht zurückkehren, Benjamin Sisko. Um der Macht der Krone zu entkommen, muß der Verstand viele Hindernisse überwinden und am Ende der Reise die richtige Entscheidung treffen.«

»Das wissen wir.« Sisko deutete auf Dax und die Integrationskonsole. »Der Krone wurden zusätzliche Schaltkreise hinzugefügt, die allen Geistesinhalten der Kinder sicheres Geleit gewähren werden.«

»Einfallsreich, aber vergeblich.« Talarn hielt inne

und fügte dann mit ernstem Flüstern hinzu: »Das ist noch nie gelungen.«

»Nie ist eine lange Zeit«, sagte Kira spöttisch.

Der Hohepriester blieb ungerührt. »Die Zhodraner sind ein ruhiges Volk und begegnen allen Fremden mit Mißtrauen. Doch unser Planet befindet sich in einem Raumsektor, in dem viele andere Welten liegen und starker Verkehr herrscht.«

Sisko hörte geduldig zu. Dax hatte ihm bereits erklärt, daß die Zhodraner Isolationisten waren, die alles Fremde fürchteten.

»Seit zweitausend Jahren haben Repräsentanten vieler fremder Spezies versucht, das Rätsel der Krone zu lösen. Wer diplomatische und Handelsbeziehungen mit Zhodran eröffnen will, muß diese Prüfung bestehen.«

Sisko runzelte düster die Stirn, als ihm die Bedeutung der Worte des Priesters klar wurde. »Wollen Sie damit sagen, daß seit zweitausend Jahren niemand diese Prüfung erfolgreich absolviert hat?«

»Ja.« Talarn betrachtete die Anwesenden mit aufrichtigem Bedauern. »Die Suche ist mit Rätseln gespickt, die den Charakter des Individuums auf die Probe stellen, das als Repräsentant seiner Spezies auserwählt wurde. Eigenschaften wie Ehrlichkeit, Mut und Mitgefühl werden gemessen. Viele sind weit gekommen, doch noch niemand hat am Ende der Suche die richtige Entscheidung getroffen. Nur der Hohepriester und sein designierter Nachfolger kennen die richtige Antwort, ein Geheimnis, das seit Generationen gehütet wird.«

Fassungslos starrte Sisko ihn an.

»Der Geist wird gefangen, und irgendwann verblaßt er einfach.« Eine Träne lief die Wange des Zhodraners hinab, als er auf die leblosen Körper der Kinder hinabschaute. »Sie haben sich verirrt und sind verloren.«

»Nein.« Sisko betrachtete Jakes ruhiges Gesicht. »Dieses Spiel ist noch nicht vorbei.«

# 9

Obwohl Jake wußte, daß er mit einem Virtual-Reality-Gerät verbunden war, hatte er den Eindruck, tatsächlich auf die Welt der Zhodraner versetzt worden zu sein. *Eine wunderschöne Welt,* dachte Jake, als er mitten in einem üppigen Wald erwachte. Die hohen Bäume und der klare Bach erinnerten ihn an die Erde. Er hatte einmal im Fluß Adirondack Forellen gefischt – auf dem Holodeck der *Saratoga*. Aber Holodeck-Simulationen waren nur Nachbildungen der Wirklichkeit, und diese Welt war auch nicht echt. Sie war nur eine Illusion, die in seinem Geist stattfand.

Dennoch fühlte sie sich echt an, und Jake ging eifrig den sich schlängelnden Pfad entlang. Die Landschaft war nach den nüchternen grauen Hallen der von den Cardassianern erbauten Raumstation eine willkommene Abwechslung, und die Herausforderung, die die Spielregeln beinhalteten, spornte sein Wettbewerbsdenken an. Die Zhodranische Kristallsuche versprach, ein spannendes Abenteuer zu werden, von dem die meisten Spieler nur träumen konnten. Dann fiel ihm ein, daß sein bester Freund und zwei andere Kinder in der Matrix gefangen waren. Die Folgen des Spiels waren ebenfalls echt – und gefährlich.

Es beruhigte ihn jedoch, daß Dax, O'Brien, Dr. Bashir und sein Vater ihn beobachteten. Sollte er einen Fehler machen, würden sie ihn in dem fremden Spiel nicht einfach im Stich lassen.

*Denk nicht an ein Scheitern,* ermahnte Jake sich. Ein

Siegertyp war positiv und zuversichtlich gestimmt, und er würde gewinnen.

Die Bäume standen nun nicht mehr so dicht beisammen, und schon bald verließ der Pfad den Wald völlig und wand sich einen grasbewachsenen Hang hinauf. Auf dessen Kuppe blieb Jake stehen und schnappte erstaunt nach Luft. Er ließ sich zu Boden fallen, und sein Herz hämmerte wild gegen seine Rippen. Vor ihm erstreckte sich ein ruhiger See. Tena Lin war links von ihm auf einer brennenden Brücke gefangen. Direkt vor ihm war ein Ruderboot an einem hölzernen Steg vertäut, doch es wurde bewacht von – einem Borg.

»O nein …« Jake glitt auf dem Bauch zurück, schüttelte den Kopf und zitterte vor Furcht. Kein Borg. Alles andere, aber bitte kein Borg. Es war drei Jahre her, daß die biologisch-mechanischen Aliens bei Wolf 359 die Flotte der Föderation angegriffen hatten. Sein Vater, der Erste Offizier unter dem vulkanischen Captain Storil, war auf der Brücke gewesen, als das große, würfelförmige Raumschiff der Borg auf die *U.S.S. Saratoga* gefeuert hatte. Jake und seine Mutter waren in ihrem Quartier gewesen, als eine Explosion das Deck zerfetzt hatte und eine zerrissene Wand auf sie gefallen war. Feuer. Jake erinnerte sich, daß aus dem Deck unter ihm Flammen hochgeschlagen waren und er das Knirschen von schwerem Metall gehört hatte. Dann war er ohnmächtig geworden und erst in einem Krankenhausbett wieder zu sich gekommen; sein Vater hatte neben ihm gesessen. Seine Mutter war auf dem Schiff gestorben.

Die Alpträume kamen nun nicht mehr so oft vor, doch sie waren stets vorhanden – schreckliche Bilder von riesigen, würfelförmigen Schiffen und mechanischen Humanoiden – und warteten in den Tiefen seines Geistes darauf, ihn im Schlaf attackieren zu können.

Diesmal war er hellwach. Er konnte sich nicht verstecken oder fliehen. Er mußte dem Borg entgegentreten, oder Tena Lin würde nie dem Feuer oder der Spielmatrix entkommen. Jake atmete tief durch und betrachtete das Gelände. Vielleicht konnte er dem tödlichen Borg-Wachtposten ausweichen.

Jake studierte die brennende Brücke. Die Bajoranerin war durch die Flammen und den Rauch kaum auszumachen, doch sie hatte schon die Hälfte des Übergangs hinter sich gelassen. Nun konnte sie weder vor noch zurück und war mitten in dem flammenden Inferno gefangen. Jake konnte die Brücke auch nicht benutzen. Auch er würde in das Feuer geraten, und dann saßen sie beide in der Falle.

Aber er konnte schwimmen. So weit war es nicht, und sobald er die Brücke erreicht hatte, konnte er Tena Lin dazu überreden, ins Wasser zu springen. Dabei mußte sie einen Satz durch die Flammenwand machen, doch selbst, wenn ihre Kleidung Feuer fing, würde das Wasser es löschen. Aber zuerst mußte er zum See kommen, und weder Büsche noch Bäume gaben ihm Deckung. Der Borg würde ihn vielleicht erblicken, aber dieses Risiko mußte er eingehen. Einzelne Borg waren sehr zielstrebig und ignorierten alles außer ihrer unmittelbaren Aufgabe. Wenn Jake sich dem Steg nicht näherte, beachtete der Borg ihn vielleicht gar nicht.

Auf Armen und Beinen vorwärts kriechend, rutschte Jake auf dem Bauch den Hang hinab. Die Borg-Wache schien keine Notiz von ihm zu nehmen. Sie starrte stur geradeaus und hielt die in den rechten

Arm eingebaute Energiewaffe gehoben und schußbereit. *So weit, so gut …*

Plötzlich wurde der feste Erdboden schlammig, und Jakes Ellbogen sanken in dunkelbraunen Matsch ein. Der Gestank verfaulten Grases und anderer organischer Rückstände drang ihm in die Nase. Ein saugendes, schlürfendes Geräusch zerriß die Stille, als er den Arm aus dem Dreck zog. Jake fragte sich, ob der gesamte See von Morast umgeben war. Einen Augenblick später wurde ihm klar, daß die Größe des schrecklich riechenden Sumpfs irrelevant war.

Etwas Scharfes stach in seinen Schenkel. Er schluckte einen Schmerzensschrei herunter, krabbelte auf festen Erdboden zurück und drehte sich auf die Seite. Ein kleines, amphibisches Geschöpf, das einem blauen Frosch mit einer gepunkteten Rückenflosse ähnelte, hatte sich in sein Bein verbissen. Plötzlich begann es mit Heißhunger zu nagen.

Das kleine Raubtier versuchte, ihn zu fressen! Jake ergriff den Frosch, riß ihn vom Bein los und warf ihn in das ruhige Wasser. Während Jake noch ein Stück zurückkroch, beobachtete er entsetzt, wie das Wasser zum Leben zu erwachen schien. Tausende von zhodranischen Fröschen in allen Blau- und Grünschattierungen schossen in die Luft. Der See wimmelte vor diesen fünf bis dreißig Zentimetern großen Geschöpfen, und alle verfügten über heftig zuschnappende, spitze Zähne, die einem Jungen in weniger als fünf Minuten das Fleisch von den Knochen nagen konnten.

Jake würde nicht schwimmen.

Er ließ den Kopf auf die verschränkten Arme sinken und stöhnte auf. Wenn er seine Freunde nicht im Stich lassen und seinen Vater nicht zwingen wollte, bei diesem Spiel das Leben zu riskieren, mußte er dem Borg gegenübertreten. Es gab keine andere Möglichkeit, an das Ruderboot heranzukommen. Vermutlich würde der Borg ihn in tausend Stücke schießen. Er wollte ihn sicher nicht als Hauptgang zum Abendessen verspeisen.

Resigniert überdachte Jake die Lage. Ein Borg stand zwischen ihm und dem Boot, das er brauchte, um Lin zu retten und ans andere Ufer zu gelangen. Die Werkzeuge, die man benötigte, um die Aufgabe zu bewältigen, standen im Rahmen des Spiels zur Verfügung. Es war vielleicht schwierig, den Borg zu besiegen, aber auf keinen Fall unmöglich. Er mußte nur herausfinden, wie.

Eine große, purpurne Prellung breitete sich um die Bißwunde aus und verschwand dann langsam wieder. Offensichtlich war Dr. Bashir in der Krankenstation an der Arbeit. Das Stechen schwächte sich zu einem lästigen Jucken ab, und Jake richtete seine Aufmerksamkeit auf den Borg. Er erhob sich und schritt kühn über das Gras zu dem Steg hinüber.

Der Wachtposten reagierte erst, als Jake auf einen Sandstreifen trat, der das Gras vom Wasser trennte. »Bleib stehen und laß dich assimilieren«, sagte der Borg mit tiefer, eintöniger Stimme. »Widerstand ist sinnlos.«

*Blödsinn,* dachte Jake. Die *Enterprise* war zwar zu spät im Sektor Wolf 359 eingetroffen, um den Großteil der Flotte zu retten, doch die Crew hatte das Schiff der Borg zerstört und die Erde gerettet. Solange er noch lebte und denken konnte, war nichts sinnlos. Er trat schnell auf das Gras zurück und stolperte dabei über eine verrostete Metalltruhe, die er zuvor nicht bemerkt hatte. Der Borg nahm seine stumme, wachsame Haltung wieder ein. Jake berührte den Sand mit dem Zeh.

»Bleib stehen und ...«

Der Borg hörte in dem Augenblick zu sprechen auf, da Jake sich vom Strand zurückzog. Er vermutete, daß das Spiel die Truhe erst manifestiert hatte, nachdem er die Absicht gezeigt hatte, sich dem Steg zu nähern. Nun, da er wußte, daß der Borg ihn ignorieren würde, konnte er den Inhalt der Kiste durchsuchen, ohne befürchten zu müssen, erschossen oder ... assimiliert zu werden.

Metall knirschte, als Jake die Truhe öffnete. Zwei Gegenstände befanden sich darin: ein klingonischer Intervaller und ein elektronischer Tuner aus Föderationsbeständen. O'Brien benutzte ein ähnliches Gerät, um auf Deep Space Nine Sensoren zu kalibrieren. Erneut legte Jake eine Pause ein und überlegte.

Den Borg herausfordern oder sich zurückziehen. Den Borg besiegen oder verlieren. Alle Spiele, an denen er sich bislang versucht hatte, boten die nötigen Hilfsmittel, um sie zu gewinnen. Sie enthielten aber auch Tricks, die dazu dienten, übereifrige und unvorsichtige Spieler in die Falle zu locken. Nur einer der Gegenstände war der richtige. Aber welcher?

Der klingonische Intervaller würde die Systeme des Borg kurzschließen und ihn töten, aber die Waffe ließ sich nicht so präzise bedienen wie ein Phaser der Föderation. Der Strahl des Intervallers würde vielleicht auch den Steg und das Boot zerstören. Außerdem drehte sich bei der Vorstellung, ein lebendes Wesen zu töten, Jakes Magen um.

Er ergriff den Tuner und studierte die Frequenzkontrolle. Das Instrument konnte so justiert werden, daß es auf verschiedenen Wellenlängen sendete.

Natürlich! Alle Borg standen in ständiger Kommunikation mit allen anderen Borg. Wenn ein Individuum vom Gruppenbewußtsein getrennt wurde, konnte es nicht mehr funktionieren. Jake mußte den Borg nicht töten, um ihn auszuschalten. Mit dem Tuner in der Hand trat er auf den Strand.

»Bleib stehen und laß dich assimilieren. Widerstand ist sinnlos.«

Der Borg senkte seine Waffe und zielte. Nur mit einem Wartungswerkzeug bewaffnet, wechselte Jake hektisch die Frequenzen. Wenn er nicht bald die richtige fand, war das Spiel vorbei, und er steckte in der Falle. Kein Schicksal konnte schlimmer sein als das, eine Ewigkeit als Angehöriger des Borg-Kollektivs zu verbringen.

»Bleib stehen und laß dich assimilieren. Widerstand ist sinn...«

Jake nahm die Hand von der Sensorkontrolle. Der Borg war erstarrt, sein Gesichtsausdruck leer.

Es hatte geklappt!

Zitternd hielt Jake den Sender auf den Wachtposten gerichtet und schlüpfte an ihm vorbei. Er band das Boot los und sprang hinein. Hunderte von Fröschen schossen dicht unter der Oberfläche durch das Wasser. Seine Hand rutschte an dem glatten Holz ab, und das breite Ende des rechten Ruders schlug ins Wasser. Ein Dutzend Frösche sprang aus dem See. Zwei landeten im Boot und hüpften in der Hoffnung auf einen herzhaften Bissen auf Jake zu. Er packte sie schnell und warf sie weit hinaus aufs Wasser. Zumindest dabei kamen ihm die zahlreichen Baseball-Übungsstunden in den Holokammern sehr gelegen.

Geräusche, die auf dem Land gedämpft erklangen, wurden über dem Wasser lauter. Tena Lins Schreie hoben sich über das tosende Feuer und gellten in Jakes Ohren. Er war gezwungen, mit vorsichtigen, gemessenen Schlägen zu rudern, und das langsame Vorankommen zur Brücke stellte seine Geduld auf eine harte Probe. Eintauchen. Ziehen. Wieder hoch. Zurück. Er wagte es nicht, schneller zu rudern. Bei dem leichtesten Kräuseln der Wasseroberfläche würden die blauen Frösche in ihrem Freßrausch hochspringen. Und Dr. Bashir heilte Lins Verbrennungen bestimmt genauso schnell, wie sie in der Krankenstation auftraten. Eintauchen. Ziehen. Wenn er ihr helfen wollte, durfte er nicht zu Froschfutter werden. Wieder hoch. Zurück. Er steuerte auf einen Teil des Gebildes zu, der nicht in Flammen stand.

Schließlich glitt das Boot zwischen zwei stämmigen Pfeilern hindurch, die die Brücke trugen. Jake betrachtete die Bretter über ihm und steuerte das Boot zur Mitte des Übergangs. Er konnte Lin nun nicht mehr auffordern, wie er es ursprünglich geplant hatte, einfach ins Wasser zu springen. Die Frösche würden mit dem schmackhaften bajoranischen Mädchen kurzen Prozeß machen. Es mußte eine andere Möglichkeit geben.

Als er sich mitten unter der brennenden Brücke befand, sah er die Falltür. Sie war geöffnet, und eine Leiter führte an der Seite eines großen Pfeilers hinab. Er ergriff sie, um das Boot dort zu halten, und rief: »Tena Lin! Ich bin's, Jake! Komm runter!«

Lin spähte durch die viereckige Öffnung; ihr Gesicht war mit roten Blasen und schwarzem Ruß bedeckt. »Jake! Den Propheten sei Dank!« Ohne ein weiteres Wort kletterte sie die Leiter hinab.

»Sei vorsichtig, Lin. Diese Frösche gehen beim geringsten Anlaß auf uns los.« Mit einem ernsten

Nicken trat Lin langsam in das Boot und setzte sich auf die Bank am Bug. Die roten Blasen auf ihrem Gesicht und den Händen verschwanden, aber der Ruß blieb. »Mach keine schnellen Bewegungen, ja?«

»Klar.« Lin atmete leise aus. »Danke, daß du mich gerettet hast, Jake. Rotor und Nog haben es nicht mal versucht. Sie sind einfach zum anderen Seeufer gerudert.«

Jake fühlte sich verpflichtet, die beiden Jungs zu verteidigen. »Sie haben das nur für ein Spiel gehalten, Lin. Sie wußten nicht, daß du hier *tatsächlich* in der Falle sitzt. *Ich* wußte es, und ich konnte dich in dem Feuer kaum sehen. Ich glaube nicht, daß sie dich absichtlich ignoriert haben.«

»Na ja, vielleicht nicht.« Mit einem fragenden Stirnrunzeln hielt sie inne. »Du bist nur hierher gekommen, um mich zu retten?«

Jake zuckte mit den Achseln. »Und Rotor und Nog. Sie hängen auch in dem Spiel fest – irgendwo.«

»Das war sehr mutig von dir.« Lin lächelte und neigte dann den Kopf. »Wie bist du an diesem schrecklichen Cardassianer vorbeigekommen?«

»An welchem Cardassianer?« fragte Jake verwirrt.

»Na, an dem, der den Steg bewacht.«

# 10

Jake ruderte das Boot am anderen Seeufer auf den Strand. Froh, die bösartigen blauen Frösche hinter sich zu lassen, sprang er auf den festen Erdboden und nahm dann Lins Hand, um ihr vom Boot zu helfen.

»Du hast also gesehen, daß ein Cardassianer den Steg bewacht?«

Lin erschauerte und runzelte voller Abscheu die Stirn. »Ja. Deshalb habe ich mich auch entschlossen, die Brücke über den See zu nehmen. War wohl ein schlechter Schachzug.«

Jake nickte, sagte aber nichts. Tena Lin hatte einen Cardassianer gesehen – den gefürchteten und verhaßten Feind aller Bajoraner. Und er hatte einen Borg gesehen, ein Wesen, das Jake mehr als jedes andere Geschöpf in der Galaxis fürchtete. Nog und Rotor hatten es wahrscheinlich mit anderen schrecklichen Wesen zu tun gehabt, aber die Gefahr überwunden und waren dann tiefer ins Spiel vorgedrungen. Das warf ein ganz neues Licht auf die Regeln. Das Spiel modifizierte das Programm für jeden, der sich daran versuchte.

Ein weiterer Pfad führte über eine wellige Wiese zu einer Felswand. Während Jake voranging, dachte er über die neue Information nach. Das Spiel griff auf die Gefühle und Erlebnisse der Spieler zurück, um für jeden neuen Kandidaten spezifische Fallen und Hindernisse erschaffen zu können. Diese Erkenntnis mochte den Unterschied zwischen Sieg und Niederlage ausmachen.

Der Weg war nicht besonders steil und wurde von Büscheln bunter Blumen flankiert. Eine goldene Sonne schien von einem wolkenlosen Himmel und badete Jake in entspannende Wärme. Als sie den Fuß der sich vertikal erhebenden Felswand erreichten, fühlte er sich erfrischt.

»Da kann ich nicht hinaufklettern«, sagte Lin.

»Warum nicht?« fragte Jake. Die Spitze der Felswand war vom Boden aus nicht zu sehen.

Lin schob trotzig den Unterkiefer vor und lehnte sich dann gegen das Gestein. »Ich habe Höhenangst.« Sie erbleichte und begann zu zittern.

Mit diesem Problem hatte Jake nicht gerechnet. Er war auch nicht versessen darauf, sich an den gefährlichen Aufstieg zu machen. Er würde es wagen, weil er die Mission beenden und dem Spiel entkommen mußte. Aber wie konnte er Tena Lin dazu bewegen, etwas zu tun, das ihr so große Angst einjagte?

»Wenn wir das Spiel gewinnen wollen, müssen wir weiter«, sagte Jake.

»Das ist mir egal. Ich werde abstürzen.« Lin verschränkte stur die Arme vor der Brust.

Jakes Gedanken rasten verzweifelt. Er konnte sie nicht zurücklassen, wollte aber auch nicht hierbleiben. Er versuchte es mit einer anderen Taktik. Die junge Bajoranerin wußte nicht, wie das zhodranische Gerät wirklich funktionierte. »Diese Klippe ist nur ein Hindernis in einem dummen Spiel, Lin. Dein Körper liegt auf der Krankenstation. Es ist nicht weiter schlimm, falls du fallen solltest. Dr. Bashir steht bereit, alle Verletzungen zu heilen. Aber falls du nicht weitergehst, wird dein Geist auf ewig hier gefangen sein.«

Lins Augen blitzten. »Ich werde diese Klippe *nicht* hinaufklettern.«

»Na schön.« Jake zuckte mit den Achseln; ihm war gerade eine Idee gekommen. Er mußte Tena Lin so wütend machen, daß sie ihre Furcht vergaß. »Dann werde ich Rotor und Nog eben erzählen, daß du aufgegeben hast, ohne es auch nur zu versuchen! Das werden sie dir ewig vorhalten.«

»Das wagst du nicht!« Lin erhob sich wütend.

»Ach nein?« Lachend kletterte Jake auf den ersten Vorsprung hinauf. Über sich machte er Vertiefungen aus, in die er die Hände und Füße schieben konnte. Unter ihm atmete Lin mit wütender Frustration aus und folgte ihm dann.

Jake flitzte die Felswand hinauf und sorgte dafür, daß er knapp außerhalb von Lins Reichweite blieb. Die in den Stein gehauenen Griffe ermöglichten einen leichten und sicheren Aufstieg. Trotzdem würde die Bajoranerin wohl noch eine ganze Weile wütend auf ihn sein. Aber immerhin folgte sie ihm. Sie hatten die Chance gewahrt, aus diesem Spiel herauszukommen, und nur das war wichtig.

Das und die Tatsache, daß sie mitten in einer Felswand festhingen.

Fünfzehn Meter vor dem oberen Rand der Klippe endeten die Griffe. Jake wartete auf einem breiten Sims auf Lin. Glatter Fels erhob sich zu beiden Seiten einer gezackt in den Berg geschnittenen Spalte.

»Das hast du absichtlich gemacht!« Lin kletterte auf den Vorsprung, ließ sich zu Boden fallen und versuchte, wieder zu Atem zu kommen.

»Ich erkläre mich schuldig.« Jake grinste einfältig. »Die gute Nachricht ist, wir müssen nicht bis ganz hinauf klettern.«

Verwirrt schaute Lin die glatte Steinwand empor und schnappte nach Luft. »Jetzt sag mir bloß nicht, daß wir diesen Berg wieder *hinabsteigen* müssen!«

»Nein, wir gehen einfach hindurch.« Jake drehte sich um und betrat mit eingezogenem Kopf einen schmalen Gang. Lin blieb ihm dicht auf den Fersen, während er sich den Weg durch den engen Korridor ertastete. Als sie auf einen anderen Felsvorsprung trafen, blieb Jake plötzlich stehen.

Lin prallte gegen ihn. »Tut mir leid.«

»Schon in Ordnung.« Jake betrachtete das schroffe, vertraute Terrain. Er wußte aufgrund von Bokats Aufzeichnung, daß Rotor direkt vor ihnen auf dem Grund einer tiefen Schlucht lag. Die Felswand, die sich um sie herum auftürmte, war genauso steil und unpassierbar wie die auf der anderen Seite des Durchgangs. Doch zwei Wege führten von dem Sims fort.

Der Weg links endete an einer stabilen Brücke, die ein kurzes Stück entfernt den Abgrund überspannte. Der auf der rechten Seite führte steil hinab und zu einer Strickleiterbrücke, die über die Schlucht zu einem flachen Tafelberg führte. Dieser Tafelberg stand allein in der Mitte der Schlucht, und die Seiten beider Formationen waren so glatt wie die Klippe. Die Landschaft erinnerte an eine kleinere Version des Grand Canyon auf der Erde.

»Wie sollen wir da runterkommen?« Lin spähte zu dem reglos daliegenden Selay-Jungen hinab.

Jake schüttelte den Kopf, schaute hoch und erstarrte.

»Was ist los?« fragte Lin beunruhigt.

Jake antwortete nicht. Er konzentrierte sich völlig auf Tommy Watson.

»He, Jake! Willste dich prügeln?« Der blonde Junge stand auf dem fernen Tafelberg. »Nee, lieber nich,

was? Daddys kleiner Liebling kann doch keine Schmerzen ertragen! Nich wahr, Jakey-Weichei? Waschlappen Sisko!«

Tommy war ein Jahr älter, fünfzehn Zentimeter größer und vierzig Pfund schwerer als Jake gewesen, als er ihm während seiner drei Jahre auf dem Mars das Leben zur Hölle gemacht hatte. Wie Jakes Vater hatte auch Tommys Dad auf der Werft Utopia Planitia gearbeitet und die Flotte neu aufgebaut, die die Borg zerstört hatten. Sie wohnten in derselben Gegend, gingen auf dieselbe Schule und hingen auf denselben Spielplätzen herum. Tommy schikanierte jeden, der kleiner als er war, hatte aber ein besonderes Vergnügen daran gefunden, auf Jake herumzuhacken.

Und Jake hatte die Mißhandlungen eingesteckt, Tag für Tag für Tag.

»Jake! Was wird hier gespielt?« fragte Lin nervös.

»Tommy Watson, das wird hier gespielt!« Jake knirschte mit den Zähnen.

»Weichei Sisko, mach 'ne Faust – damit ich dir 'ne Abreibung verpassen kann!« Tommy lachte und wedelte mit den Fingern. »Komm und hol mich, Jake!«

»Wer ist Tommy Watson?« Die kleinen Furchen auf Lins Nase zogen sich zu einem verwirrten Stirnrunzeln zusammen.

»Der Junge da drüben!« fauchte Jake und zeigte auf den isolierten Tafelberg. Die Hängebrücke war der einzige Zugang zu dem Berg.

»Welcher Junge?«

Jake sah rot und hörte Lins verblüffte Frage nicht. Drei Jahre lang hatte Tommy ihn lächerlich gemacht, beleidigt und bedroht. Der kleinere und jüngere Jake hatte sich nie gewehrt.

»He, Sisko! Was'n los? Haste Angst?«

Aber Jake hatte sich verändert, seit er nach Deep Space Nine gezogen war. Er war älter, stärker und selbstsicherer geworden. Tommy Watson konnte ihn jetzt nicht mehr einfach beleidigen und damit durchkommen. Jake war es gleichgültig, ob Tommy ein paar schmerzhafte Hiebe landen konnte. Es war an der Zeit, seine Ehre wiederherzustellen.

»Genau so, Jake«, grölte Tommy. »Komm und hol mich!«

Jake setzte einen Fuß auf die aus Tauen bestehende Brücke und erstarrte. Tommy Watson war auf dem Mars. Der Junge auf dem Tafelberg war eine Illusion, die das Spiel aus seinen Erinnerungen geholt und fabriziert hatte, um ihn zu verleiten, eine Dummheit zu begehen – eine tödliche Dummheit. Er trat zurück und atmete tief ein.

Auf dem Mars hatte Jake Angst vor Tommy gehabt. Es fiel ihm nicht leicht, dies einzugestehen, entsprach aber der Wahrheit. Jetzt hatte er keine Angst mehr. Die Beleidigungen waren nur Worte, die ein Junge sprach, der brutale Kraft und Einschüchterungen einsetzte, um seine Unsicherheit zu tarnen. Jake mußte niemandem mehr etwas beweisen, ganz besonders nicht sich selbst. Seine Würde konnte Tommy Watson überleben, und Rotor würde das Spiel ebenfalls überleben, aber nur wenn Jake sich nicht auf eine Prügelei einließ.

Lin starrte ihn verwirrt an. Jake wurde klar, daß sie Tommy weder gesehen noch gehört hatte. Da das Mädchen sein Problem nicht erkannte, konnte es sein Vorgehen auch nicht beeinflussen. Lin und die anderen hatten ihre Chance gehabt und versagt. Nun waren sie nur noch Passagiere bei Jakes einsamer Suche.

»Wir müssen da lang gehen.« Jake wandte sich von Tommy ab und schlug den linken Weg ein.

Auf der anderen Seite der Brücke sah Jake die Stufen. Vom Vorsprung aus waren sie nicht zu erkennen. Die in den Fels gehauene Treppe führte in die Schlucht hinab. Nach ein paar Minuten hatten sie Rotor erreicht.

Der junge Selay schlief. Er erwachte verblüfft, als Jake ihn schüttelte. »Jake! Lin! Was bin ich froh, euch zu sehen!« Rotor bewegte vorsichtig sein Bein, als befürchtete er, daß es ihm Schmerzen bereiten würde.

»Dr. Bashir hat den Knochen schon verschmolzen, Rotor«, sagte Jake.

»Ist er hier?« Der Selay erhob sich und überprüfte, ob die Verletzung tatsächlich geheilt war.

Jake erklärte ihm schnell die Situation. »Wir müssen Nog finden und das Spiel beenden, bevor wir es verlassen können.«

»Such du ruhig Nog«, sagte Rotor. »Ich verschwinde *sofort* von hier.«

»Das glaube ich nicht.« Die in den Fels gehauenen Stufen hatten sich in die Wand der Schlucht zurückgezogen, und unterhalb der Brücke blockierte ein Felsrutsch den Canyon, so daß nur noch ein Weg passierbar war. Jake drehte sich um und drang tiefer in die gewundene Schlucht ein. Lin folgte ihm auf dem Fuße, Rotor einen Augenblick später.

»Wen hast du auf dem Tafelberg gesehen, Rotor?« fragte Jake.

»Einen arroganten, stinkenden Anticaner. Er hat mich herausgefordert, mit ihm um den Berg zu kämpfen. Ich konnte ihm nicht widerstehen.«

»Vielleicht wäre das besser gewesen, Rotor. Am Ende hast du mit einem gebrochenen Bein auf dem

Grund einer Schlucht gelegen.« Lin hielt nachdenklich inne. »Ich wäre fast verbrannt, weil ich meine Furcht vor Cardassianern nicht überwinden konnte.«

Rotor zuckte mit den Achseln. »Die Anticaner sind die Todfeinde der Selay. Die Ehre mußte unter allen Umständen verteidigt werden.«

*Ehre* war nur ein anderes Wort für Würde und Respekt. Jake wußte, daß man sich manchmal wehren mußte – zum Beispiel, als die Borg auf ihrem Weg zur Erde die Flotte angriffen. Aber manchmal war der Ehre besser gedient, wenn man sich abwandte. Den Selay und Anticanern war die Mitgliedschaft in der Föderation verweigert worden, weil sie ihre Differenzen nicht beilegen konnten. Darin lag keine Ehre.

»Es hat dich fast das Leben gekostet, die Ehre der Selay zu verteidigen, Rotor.« Lin schüttelte den Kopf. »Hättest du ihn einfach ignoriert und wärest davongegangen, hättest du das Spiel vielleicht gewonnen. Dann hätte der Anticaner verloren.«

Rotor zögerte; Lins Einwand machte ihm sichtlich zu schaffen. »Das stimmt, Tena Lin. Ich werde darüber nachdenken.«

Jake lächelte, als er sie durch das gewundene, felsige Labyrinth führte. Rotor hatte eine wertvolle Lektion gelernt. Vielleicht würde der junge Selay eines Tages dazu beitragen, den Krieg zwischen seinem Volk und den Anticanern zu beenden.

Vorausgesetzt natürlich, daß es Jake gelang, sie aus dem zhodranischen Spiel zu befreien.

# 11

Die Wände der Schlucht wurden allmählich flacher, und Jake führte seine Gefährten in eine riesige Wüste. Die trockene, von der Sonne festgebackene Ebene war nicht, wie er es erwartet hatte, flach und ohne Leben. In dem rollenden Sand gab es einzelne verkümmerte Büsche und seltsame, groteske Bäume mit verdrehten Ästen und Stacheln statt Blättern. Von ihnen aufgescheuchte blaue und gelbe Eidechsen huschten in das Gebüsch. Große Vögel mit lederartigen Schwingen zogen über ihnen Kreise, und eine große Schildkröte bahnte sich langsam, aber stetig einen Weg über eine Düne, die mit leuchtend gelben Blumen gesprenkelt war. An zahlreichen Stellen lagen Steinhaufen.

»Da ist Nog!« Lin zeigte aufgeregt voraus.

Jakes Blick huschte zu einem großen Felshügel, der von einem Meer blauer und goldener Blumen umgeben war. Nog war auf dessen Spitze über einem Stein zusammengebrochen.

Lin lief los.

»Warte!« Jake ergriff den Arm des Mädchens und hielt es fest. Das Spiel konnte ohne jede Vorwarnung Gefahren produzieren, und sie waren schon zu weit gekommen, um unnötige Risiken einzugehen. »Wir müssen vorsichtig sein, Lin.«

Die Bajoranerin nickte, fiel zurück und überließ Jake den Vortritt. Nichts Bedrohliches schoß aus dem Sand hervor, um sie aufzuhalten, aber als sie endlich den Rand des Blumenmeers mit dem Hügel in der Mitte erreichten, schwitzten sie heftig. Ein Streifen fließenden Sandes trennte das Beet der blauen und goldenen Blumen von den Felsen, und ein Pfad aus Trittsteinen verband das Blumenmeer mit dem Hügel.

Ungeduldig stürmte Lin schon wieder vor. Jake machte einen Satz, um sie aufzuhalten, doch sie wich seinem Griff aus. Als sie die Blumendecke erreichte, schoß eine sandfarbene Schlange mit einem roten Halbmond auf dem Kopf vor, verfehlte aber ihr Ziel. Lin sprang mit einem Schrei zurück, drehte sich um und lief los. Das Reptil glitt in den wirbelnden Sand davon.

Jake betrachtete das Schauspiel staunend. Tausende sandfarbener Schlangen wimmelten in dem Sand über- und untereinander. Er warf einen Blick auf die Trittsteine. Die Felsbrocken befanden sich nicht auf einer Ebene mit dem Sand, sondern erhoben sich etwa einen Meter hoch in die Luft. Nog mußte sie benutzt haben, um zu dem Hügel zu gelangen und sich dort die goldene Kugel zu holen. Als Jake aufschaute, sah er die große Viper nicht, die den Ferengi gebissen hatte, doch er wußte, daß sie dort getarnt zwischen den Felsen lag.

Wie der Tafelberg in der Schlucht lag auch der Hügel abseits vom Hauptweg. Wäre Nog einfach weitergegangen, wäre ihm nichts passiert. Auch Jake konnte den gefährlichen Umweg nicht ignorieren, aber aus anderen Gründen. Nog war von der goldenen Kugel und seiner Gier in die Falle gelockt worden. Jake mußte Nog retten.

*Leichter gesagt als getan,* wurde Jake klar, als er Nogs Namen rief. Der Kopf der Schlange bewegte sich nun auf den Felsen über dem Ferengi. Nogs einzige Reaktion war ein kurzes, schnelles Schnippen mit den Fin-

gern. Dr. Bashir hatte das Gift neutralisiert, und Nog war bei Bewußtsein. Aber er hatte Angst, sich zu bewegen, weil die Viper weiterhin angriffslustig war und seine Flucht verhinderte. Irgendwie mußte Jake die Schlange ausschalten.

Er warf einen Blick zu Lin und Rotor zurück und riß überrascht die Augen auf. Der junge Selay lag am Rand des Blumenbeets im Sand, und Lin kniete neben ihm.

»Was ist passiert?« rief Jake.

»Keine Ahnung. Er ist einfach zusammengebrochen!«

Jake schaute zu den Sandschlangen hinüber. Keine von ihnen überquerte die Linie zwischen dem Sand und den Blumen. »Bring ihn von den Blumen weg!« rief er der Bajoranerin zu. »Weit weg!«

Während Lin den Selay in Sicherheit zerrte, riß Jake ein paar der blauen und goldenen Blüten ab. Er bückte sich und hielt sie über den Sand. Die Wellen, die die Reptilien erzeugten, entfernten sich plötzlich, von den Blumen fort. Er schaute wieder zu seinen Freunden.

Lin war es gelungen, Rotor ein gutes Stück zurückzuschleifen, und der Selay kam allmählich wieder zu sich. Rotor setzte sich auf, schüttelte den Kopf und griff sich an den Bauch. Vom Geruch der Blumen wurde dem reptilischen Jungen schlecht.

Jake sammelte so viele Blüten ein, wie er mit beiden Händen tragen konnte, und lief zu den Steinen. Doch es war nicht so einfach, zu dem Hügel vorzustoßen, wie er gedacht hatte. Die schmalen Trittflächen der Steine boten kaum Platz genug für einen Fuß. Und sie standen etwa jeweils einen Meter auseinander, was Jakes Schrittlänge entsprach.

Die Blumen umklammernd, breitete Jake die Arme aus, um besser das Gleichgewicht halten zu können, und trat auf den ersten Stein. Schwankend setzte er den anderen Fuß auf den zweiten Trittstein. Mit den Armen fuchtelnd, um nicht zu fallen, lief er los. Er wußte, daß jedes Zögern ihn in die wimmelnde Masse der Schlangen stürzen lassen würde, und sprang von einem Stein sofort zum nächsten. Nicht nur seine athletischen Fähigkeiten waren gefordert, auch sein blindes Vertrauen. Einer der Steine könnte locker sein. Eine der Lücken mochte zu breit sein. Ein einziges Ausgleiten würde allem ein Ende machen. Jake sprang von Stein zu Stein und vertraute darauf, daß die zhodranischen Programmierer an Fair play glaubten. Endlich setzte er den Fuß auf festen Boden. Er hatte es geschafft.

Über ihm öffnete Nog die Augen, sagte aber nichts und machte auch keine schnellen Bewegungen, um die Schlange, die sich zwischen den Felsen verbarg, nicht zu einem Angriff zu provozieren. Jake tat es ihm gleich. Er hob einen Daumen und nickte Nog zu. Noch immer die Blumen festhaltend, stieg er langsam und leise hinauf.

Dann, auf dem Gipfel des Hügels, vergaß Jake den Ferengi völlig. Nichts konnte seine Mutter zurückbringen, aber er hatte andere, realistischere Wünsche. Jake sah, was er sich am dringendsten im Leben wünschte. Er sah keine goldene Kugel, das Symbol des Wohlstands, dem kein Ferengi widerstehen konnte. Jake sah die Erde. Weiße Wolkenfetzen umkreisten einen braun gesprenkelten blauen Globus, der sich in der felsigen Vertiefung drehte. Das Versprechen eines unmöglichen Traums lockte. Wenn Jake den Globus bekam, konnte er zur Erde gehen.

»Jake«, zischte Nog durch zusammengebissene Zähne.

Jake ignorierte ihn. Die Erde rief, ein Flüstern in seinem Verstand. Er ließ die Blumen fallen und griff nach der blauen Kugel. Sein Vater hatte ihm versprochen, daß sie eines Tages auf der Erde leben würden. Statt dessen waren sie nach Deep Space Nine geflogen. Jake hatte zugestimmt, der Station eine Chance zu geben, teilweise wegen Nog, hauptsächlich aber, weil Benjamin Sisko bleiben wollte. Tief in seinem Herzen wollte Jake noch immer auf der Erde leben. Ganz egal, was geschah, ganz gleich, wie selbstsüchtig es war, in Wirklichkeit wollte er nichts anderes als das …

Jake riß die Hand zurück und sammelte die Blumen schnell wieder ein. Die Viper lag zwanzig Zentimeter von seinem Fuß entfernt zusammengerollt auf einem Stein. In ihrem aufgerissenen Maul funkelten Giftzähne. Zum Angriff bereit, zog das Tier den monströsen, dreieckigen Kopf zurück, als Jake ihm die Blumen ins Maul stieß. Die Schlange wich ein paar Zentimeter zurück, rollte sich dann wieder zusammen und wartete.

Nog blinzelte und setzte sich auf. »Wie hast du das gemacht?«

Zitternd starrte Jake die Schlange an. Ein Sekundenbruchteil später, und die Katastrophe wäre geschehen. Er brauchte einen Augenblick, um wieder zu Atem zu kommen. Selbstsüchtige Gier hätte ihn fast den Erfolg gekostet … und das Leben.

Nog, der niemals eine profitable Gelegenheit ausließ, drehte sich zu der goldenen Kugel um. Sie war so schwer, daß er beide Hände benötigte, um sie hochzuheben.

»Leg sie weg, Nog«, befahl Jake atemlos.

»Nein! Sie ist ein Vermögen wert!«

»Sie ist gar nichts wert, wenn du auf diesem Steinhügel festhängst.« Jake deutete auf die Viper, die über Nog in Position glitt. Unter ihm wimmelten die Sandschlangen über- und untereinander um die erhöhten Steine. Wenn Nog die schwere goldene Kugel hielt, konnte er nicht über die Trittsteine springen. Er brauchte die Hände, um Blumen zu tragen und das Gleichgewicht nicht zu verlieren.

Nog zögerte. Die Viper riß das Maul auf. Nog ließ die Kugel fallen und nahm die Blumen, die Jake ihm hinhielt, schüttelte aber erzürnt den Kopf. »Was für einen Sinn hat es, sich an diesem Spiel zu versuchen, wenn man es nicht gewinnen kann?«

Jake zuckte mit den Achseln. Nog mußte noch nicht wissen, daß Bokat ihn hereingelegt hatte, als er ihn zum Spielen überredete. In dieser Unternehmung lag kein Gewinn. Die einzige Möglichkeit, die Zhodranische Kristallsuche zu gewinnen, bestand darin, sie zu überleben.

Jake schaute nicht zurück, als er den Hügel hinablief. Eines Tages würde er zur Erde gelangen – aber aus eigener Kraft. Für den Augenblick war er glücklich, daß er und sein Vater zusammen waren. Wo sie wohnten, war nicht wichtig.

Auf dem Hauptweg übernahm Jake wieder die Führung. Nog schlurfte, verdrossen über den Verlust seines Reichtums, neben ihm her. Tena Lin und Rotor trotteten in grimmigem Schweigen hinterher. Die Sonne sank dem Horizont entgegen, und als das Gelände sich langsam von einer Wüste zu einem

Sumpf wandelte, überkam Jake ein unheilvolles Gefühl.

Das Tageslicht wurde immer schwächer, das Gelände immer morastiger. Knorrige, mit verhedderten braunen Schlingpflanzen bewachsene Bäume standen immer dichter. Breite, schleimige Blätter trieben zu beiden Seiten des schmalen Weges auf dem stehenden Wasser. Dicke Moosvorhänge hingen von toten Ästen auf den Pfad hinab und verlangsamten ihr Vorankommen. Das Heulen und Jaulen von in den Schatten verborgenen Geschöpfen ließ ihnen das Blut in den Adern gefrieren und warnte sie vor größeren Gefahren, die sie erwarteten. Bald würde sich völlige Dunkelheit über sie senken. Wurde die ihm zur Verfügung stehende Zeit knapp?

Der Weg durch den Sumpf ließ sich immer schwerer begehen. Herabhängende Schlingpflanzen zerrten an Jakes Armen. Knorrige Baumwurzeln brachen aus dem matschigen Boden hervor, um ihn zum Stolpern zu bringen. Ein dichter Nebel bildete sich über dem noch grauen Wasser, während das letzte Tageslicht schwand und die Luft sich abkühlte. Verzweifelt und unsicher führte Jake seine Freunde tiefer in ein immer düsterer werdendes Zwielicht, das sich unendlich weit zu erstrecken schien.

Erschöpft stolperte Jake und fiel in ein Gewirr aus Schlingpflanzen, die über dem schlammigen Wasser hingen. Er schrie auf, als die schweren organischen Taue sich um ihn zusammenzogen. Er versuchte, die Ranken abzureißen, doch je heftiger er sich bemühte, desto stärker wurde das Netz. Die erstickenden Schlingpflanzen zogen ihn zum Wasser hinab.

»Jake!« Nog blieb einfach stehen, war zu versteinert, um ihm zu helfen. Tena Lin griff nach Jakes ausgestreckter Hand, konnte sie jedoch nicht erreichen.

Die Pflanzen zogen sich zusammen und zerrten Jake tiefer hinab zu dem tödlichen Sumpfwasser, das nur in seiner Vorstellung existierte. Ein noch schlimmerer Gedanke kam ihm. Dr. Bashir würde ihn ständig wiederbeleben. Er würde nicht sterben. Er würde immer und immer wieder ertrinken, bis in alle Ewigkeit.

Kaltes Wasser sickerte in den Kragen seines Overalls. Jake verkrampfte sich und wurde ganz steif, als das Wasser dann über sein Gesicht spülte. Die Schlingpflanzen zerrten ihn noch tiefer in den schmutzigen Sumpf.

Ganz plötzlich kam ihm ein Gedanke. Untergetaucht und nicht mehr zum Atmen fähig, zwang Jake sich, sich zu entspannen. Das organische Geflecht lockerte sich etwas. Das war ein teuflisches Spiel, aber es folgte bestimmten Regeln. Er war kein hilfloses Opfer des außerirdischen Geräts. Seine eigene Panik brachte ihn um. Er mußte einen Zustand völliger Ruhe erlangen und hoffen, daß er nicht aufgrund von Sauerstoffmangel ohnmächtig wurde, bevor die Schlingpflanzen aufgaben.

*Entspanne dich, Jake.* Das zermalmende Netz wurde weiter, aber Jake wollte nicht zu früh reagieren, obwohl seine Lungen nach Luft schrien. *Noch nicht …* Vorsichtig bewegte er einen Arm, dann den anderen und die Beine. Und er war frei. Außer Atem, aber mit der Befürchtung, die tödlichen Pflanzen würden ihn wieder hinabziehen, stieß Jake sich langsam nach oben. Bleib ruhig … Sein Kopf durchbrach die Wasseroberfläche. Nach Luft schnappend, kroch Jake das

Ufer zum Pfad hinauf, brach zusammen und versuchte, seine Gedanken zu sammeln.

Bislang hatten ihn blindes Glück und rationales Denken durch das fremde Spiel gebracht. Nun wußte er, wieso.

# 12

»Was ist passiert?« Nog betrachtete Jake besorgt. »Ich dachte schon, du wärst endgültig hinüber.«

»Ich glaube, ich habe gerade eine Eins plus in Panikkontrolle bekommen.« Jake erhob sich und grinste seine verwirrten Gefährten an. Sie waren noch nicht zu Hause, aber ihre Chancen hatten sich gerade gewaltig verbessert. »Es ist jetzt nicht mehr weit, und ich will es hinter mich bringen.« Er drehte sich um und marschierte beherzt in den dunklen Sumpf.

Während er aufmerksam nach anderen verborgenen Gefahren Ausschau hielt, dachte er über seine Theorie nach. Jedes Spiel hatte einen bestimmten Sinn und verlangte von dem Spieler, bis an die Grenzen seiner Fähigkeiten zu gehen. Dieses Programm veränderte die Einzelheiten eines Szenarios jedem Spieler entsprechend. Der Ferengi Bokat hatte das Spiel die Zhodranische Kristallsuche genannt. Dax zufolge nannten die Zhodraner das Gerät Krone der Letzten Weisheit.

»Ich wünschte, ich hätte nie von diesem dummen Spiel gehört«, murmelte Nog.

»Es ist kein Spiel«, sagte Jake. »Sondern eine Prüfung.«

»Eine Prüfung!« riefen seine drei Gefährten wie aus einem Mund.

Nogs Gesicht rötete sich vor Entrüstung. »Das ist unmöglich! In einer Prüfung liegt kein Profit!«

»Was soll bei dieser Prüfung ermittelt werden?« fragte Lin.

»Charakterstärke.« Jake bedauerte seine ehrliche Antwort augenblicklich. Tena Lin und Rotor funkelten ihn wütend an.

Nog sackte vor Erniedrigung zusammen. »Man hat mich reingelegt! Beschwatzt, eine dumme Prüfung abzulegen, bei der kein Profit winkt! Das ist das schlechteste Geschäft, das ich je in meinem Leben gemacht habe!«

Jake entschloß sich, nicht alle Einzelheiten zu verraten. Die Zhodraner würden ihm keine Bonuspunkte geben, wenn er dafür sorgte, daß seine Freunde sich schlechter fühlten. Tena Lin hatte einen Cardassianer gesehen, der den Steg bewachte. Jake einen Borg. Beide waren mit dem konfrontiert worden, was sie am meisten im Universum fürchteten – eine Mutprobe, bei der Lin versagt hatte. Und Jake hatte den Borg nicht getötet, was von Mitgefühl und Respekt für alles Leben kündete. Er wußte nicht genau, was er bewiesen hatte, indem er Tena Lin dazu gebracht hatte, ihm die Felswand hinauf zu folgen – Treue, Verständnis, Führerschaft? Vielleicht spielte es keine Rolle. Während Rotor sich wirklich töricht benommen hatte, als er dem Anticaner in die Falle gegangen war, hatte Jake sich geweigert, sich aus dummen Gründen mit Tommy Watson zu prügeln. Von der goldenen Kugel angelockt, hatte Nog seiner Gier und Selbstsucht nachgegeben. Jake war Nogs Leben wichtiger gewesen als die Erde – sein größter Herzenswunsch.

»Das kapier ich nicht.« Rotor schüttelte den Kopf. »Hinter so einem ausgeklügelten Täuschungsmanöver muß doch ein Sinn stecken. Jemand muß *irgend etwas* zu gewinnen haben.«

Nogs Miene erhellte sich. »Er hat recht, Jake. Wenn man die Prüfung besteht, bekommt man bestimmt einen Preis!«

Jake konnte über die Gründe für eine so gefährliche Prüfung nur Vermutungen anstellen, bewahrte aber erneut Schweigen.

Das Programm ließ einem keinen Spielraum, seine Persönlichkeit oder seinen Charakter verfälscht darzustellen. Dax hatte gesagt, die Zhodraner hätten Angst vor Fremden. Vielleicht benutzten sie das Gerät, um etwas über jede neue Spezies in Erfahrung zu bringen. Falls dem so war, hieß das, daß die Zhodraner nicht bereit waren, die nötige Zeit zu investieren und das erforderliche Risiko einzugehen, andere Völker näher kennenzulernen. Angehörige der Föderation entwickelten durch persönliche Kontakte und Erfahrungen allmählich Verständnis für andere Kulturen. Jake hieß die zhodranische Methode nicht gut, aber ob sie ihm nun gefiel oder nicht, er wurde als Repräsentant der menschlichen Rasse auf die Probe gestellt. Wenn er scheiterte, hatten alle Menschen verloren, und er würde den Verstand verlieren. Bislang hatte Jake das Spiel aus eigener Kraft bestanden, aber das Wissen, daß es sich um eine Prüfung handelte, vergrößerte den Druck nur.

Er mußte noch immer den letzten Test bestehen – die Prüfung der Letzten Weisheit.

Das Terrain veränderte sich plötzlich und dramatisch. Der Sumpf blieb hinter ihnen zurück, und der Pfad schlängelte sich wieder in einen Wald. Weiße Wildblumen und Sträucher mit roten und blauen Beeren blühten unter grünen, Blätter tragenden Bäu-

men. Obwohl die Sonne untergegangen war, erhellte das Licht von drei Monden und eines hellen Sternenhaufens den Wald. Auf einer Lichtung vor ihnen strahlte ein warmer, gelber Glanz.

Das Ende des Spiels.

Jake trat zwischen den Bäumen hervor, blieb stehen und betrachtete eine riesige Doppeltür inmitten eines weiteren Felshangs. Kleine, im Gestein befindliche Kristalle reflektierten hell das Sternenlicht. Der Glanz kam von einem Kristallmosaik, das in die Türen eingelassen war. Ein riesiges Vorhängeschloß verlief durch zwei Griffe und versperrte die Tür.

Tena Lin schnappte ehrfürchtig nach Luft. »Es ist wunderschön! Der Preis muß hinter diesen Türen sein!«

»Hast du eine Ahnung, worum es sich handeln könnte, Jake?« bohrte Nog.

»Um das geheime Versteck des Da-hahn-Kristalls«, sagte Jake leise. »Falls die Legende zutrifft.«

»Der Da-hahn-Kristall! Der steht auf der Ferengi-Liste der verschwundenen Artefakte ganz oben!« Nog rieb sich mit gieriger Freude die Hände, entzückt über die Aussicht auf unbegrenzten Reichtum.

»Was ist der Da-hahn-Kristall?« Rotor erschauerte vor Erwartung, und seine Schuppen glänzten im Mondlicht.

Nog antwortete sofort. »Ein Schatz, den ich mir nicht mal in meinen wildesten Träumen vorstellen kann! Der Schlüssel zur Unsterblichkeit! Wer immer ihn besitzt, ist unbesiegbar!« Er sank auf die Knie und hob eine Faust zu den Sternen. »Ich werde die Ferengi-Allianz beherrschen!«

»Macht über jede Vorstellung hinaus!« rief Rotor. »Wenn wir diesen Kristall besitzen, können die Anticaner sich nicht mehr gegen die Selay behaupten. Endlich ist der Sieg unser!«

»Bajor könnte die Cardassianer zwingen, für die Verbrechen zu bezahlen, die sie an uns begangen haben!« schnaubte Lin. »Ihr Reich wird uns gehören!«

Jake hörte zu, sagte aber nichts. Die Entscheidung, die er nun traf, würde über ihr Schicksal bestimmen. Er durfte sich keinen Fehler erlauben. Während seine Gefährten zu der Tür stürmten, blieb er zurück und dachte nach.

Rotor hämmerte gegen die massive Tür. »Öffne dich! Ich befehle es dir im Namen meines Vaters, Gaynor, Captain des Selay-Schiffes *Erlan!*«

Tena Lin versuchte es auf nicht so derbe Weise, tastete sorgfältig die Nähte ab und suchte nach einem verborgenen Kontrollschalter.

Nog zerrte an den Griffen, doch das stabile Vorhängeschloß hielt. »Hier muß irgendwo ein Schlüssel liegen!« Hektisch begann Nog zu suchen.

»Ich habe den Schlüssel.« Jake schlenderte gemächlich vorwärts.

»Wo?« zischte Rotor drohend. »Gib ihn mir.«

»Das kann ich nicht.« Seufzend erwiderte Jake den fordernden Blick des Selay. »Ich bin derjenige, der auf der Krankenstation mit dem zhodranischen Gerät verbunden ist. Ich muß dieses Problem lösen. Ihr alle seid nur Zuschauer.«

»Wir werden die Ferengi-Allianz gemeinsam beherrschen!« Nog legte den Arm um Jakes Schultern. »Du bist mein bester Freund, oder etwa nicht?«

Rotor rasselte, und Lin funkelte ihn aufgebracht an.

»Ja, ich bin dein bester Freund, Nog. Und ich werde versuchen, dich lebend hier herauszuholen. Euch alle.« Er sah Rotor und Lin eindringlich an. »Ihr könnt nichts dazu beitragen. Versteht ihr? Nur meine Entscheidungen können das Gerät beeinflussen.«

Alle drei zögerten, nickten dann aber.

»Na schön. Ich hoffe, es funktioniert«, murmelte Jake leise und trat vor die Tür. Er verschränkte die Hände vor der Brust und stand einfach da. Eine Minute verstrich, zwei, dann fünf. Jake wartete und ignorierte das ruhelose Schlurfen und unzufriedene

Murmeln der drei Beobachter hinter ihm. Während sie versucht hatten, die Tür zu öffnen, war Jake zum Schluß gekommen, daß eine ängstliche Spezies wie die der Zhodraner bestimmt den Charakterzug Geduld zu schätzen wußte. Wenn er sich irrte, würden sie sehr lange hier stehen.

Aus fünf Minuten wurden zehn. Zweimal öffnete Nog den Mund, um etwas zu sagen, überlegte es sich dann jedoch anders. Rotors Zunge huschte ungeduldig aus seinem Mund und wieder hinein. Lin sah stirnrunzelnd vor sich hin und klopfte mit dem Fuß auf den Boden. Jake stand völlig ruhig da und wartete. Fünfzehn Minuten. Er hörte ein Klicken und lächelte. Mit zitternden Händen griff er nach dem Schloß. Eine schneller Ruck, und die U-förmige Stahlstange glitt aus dem abgerundeten unteren Teil. Eine Drehung, und das schnurrige, altmodische Schloß glitt aus den Griffen. Jake legte die Hand auf die Tür und zögerte dann.

»Worauf wartest du?« Unglaube flackerte in Nogs Augen. »Nun öffne die Tür schon, Jake.«

Rotor konnte die Spannung nicht mehr ertragen. Er stürmte vor und warf sich gegen die Tür. Das massive Holz gab nicht nach; er prallte zurück und landete mit einem dumpfen Schlag auf dem Boden.

»Komm schon, Jake.« Nog zerrte an Jakes Arm. »Alles, was du dir nur wünschst, wird dir gehören! Reichtum. Macht ...«

Jake schüttelte langsam den Kopf und zog die Hand zurück.

»Na, toll!« Lin spuckte Feuer. »Darin befindet sich die mächtigste Waffe im Universum und wartet darauf, daß jemand sie beansprucht, und Jake will die Tür nicht öffnen!«

Jake ignorierte den Hohn und die Bitten und trat zurück. Es würde nicht den geringsten Spaß machen, unbesiegbar und unsterblich zu sein. Das Gefühl, etwas erreicht zu haben, stellte sich nur ein, wenn man Hindernisse überwunden hatte – gegen alle Wahrscheinlichkeit, ohne Garantien, allen Schmerzen und Mühen zum Trotz. Wenn man immer mühelos und mit Sicherheit gewann, war keine Herausforderung, keine Spannung mehr vorhanden. Und das Leben war um so süßer, weil es nicht ewig währte.

Die Zhodraner nannten das Gerät die Krone der Letzten Weisheit. Falls es wirklich einen Da-hahn-Kristall gab, war er zu mächtig, als daß irgend jemand ihn besitzen durfte. Am klügsten war es, sich einfach umzudrehen und fortzugehen.

Und genau das tat Jake.

Während seine Freunde noch immer versuchten, ihn zu überzeugen, die Tür zu öffnen, wandte Jake ihr den Rücken zu und erwachte auf der Krankenstation.

»Jake?« Sein Vater schnappte nach Luft und ergriff seine Hand. Dunkle Augen füllten sich mit Tränen der Erleichterung. »Willkommen daheim, mein Sohn.«

Jake blinzelte; einen Augenblick lang war er völlig durcheinander. »Habe ich die Prüfung bestanden?«

Sisko lächelte. »Mit wehenden Fahnen.«

»Das ist nicht möglich!« Ein großer, dünner weißhaariger Außerirdischer, der ganz in Blau gekleidet war, trat an das Biobett. Er hielt einen silbernen Stab in der Hand, der summte und vor blauem Licht funkelte. »Niemand ist je zurückgekehrt! Seit zweitausend Jahren nicht mehr!«

»Es gibt immer ein erstes Mal.« Dr. Bashir nahm das Gerät von Jakes Kopf, gab es Sisko und bedachte den Fremden dann mit einem selbstgefälligen, zufriedenen Grinsen.

Der erstaunte Alien starrte Jake an. *Das muß ein Zhodraner sein,* dachte der Junge. Gegen einen leichten Schwindel ankämpfend, setzte er sich auf und sah zu, wie Dax den drei anderen Jugendlichen die Föderationshelme abnahm. Auch sie wirkten etwas benommen, hatten es aber mit ihm hinaus geschafft. Lin und Rotor setzten sich ab, sobald Dr. Bashir ihnen die Erlaubnis gegeben hatte. Nog wartete; er hoffte noch immer auf ein profitables Wunder.

»Aber er ist ein Kind!« rief der Fremde.

»Nein, Talarn. Er ist kein Kind.« Sisko strahlte vor Stolz und legte die Hand auf Jakes Schulter. »Nicht mehr.«

Jake grinste. Seine Gefühle schnürten ihm die Kehle zu, und er brachte kein Wort über die Lippen.

»Niemand? Seit zweitausend Jahren nicht?« Nog schwang die Beine über die Seite des Biobetts und sah den verblüfften Zhodraner begehrlich an. »Jake hat uns das Leben gerettet und Ihr Spiel gewonnen. Es muß eine Belohnung geben.«

Jake boxte Nog auf den Arm. »Wir leben. Ist das nicht genug?«

Nog funkelte Jake wütend an. »Nicht für einen Ferengi.«

»Ich bin kein Ferengi.«

»Nein, das bist du nicht. Du bist völlig menschlich, Jake.« Dr. Bashir untersuchte den Jungen mit dem Medo-Tricorder. »Und nach deiner schweren Prüfung in keiner schlechteren Verfassung als zuvor.«

»Eigentlich hat es sogar Spaß gemacht.« Jake seufzte wehmütig. »Zhodran ist ein wunderschöner Planet. Er hat mich an die Erde erinnert.«

O'Brien sammelte die Föderationshelme ein und blinzelte Jake zu. »Vielleicht kannst du Zhodran bald besuchen.«

Talarn riß die lodernden blauen Augen auf. »Niemand besucht Zhodran.«

»Aber Jake hat die Prüfung bestanden.« Dr. Bashir bedachte den Zhodraner mit einem spitzfindigen Blick.

Sisko nickte ernst; es gelang ihm nur mühsam, ein Lächeln zu verbergen. »Und als Repräsentant der Föderation hat er uns das Recht verschafft, diplomatische Beziehungen zu eröffnen und Handelsvereinbarungen zu treffen.«

Der Mund des Zhodraners klappte auf.

»Das sind Ihre Regeln, Talarn«, sagte O'Brien. »Nicht die unsrigen.«

Talarn zog die Schultern ein und bestätigte damit seine Niederlage. Dann lächelte er. »Meine Regierung wird mit Ihnen Kontakt aufnehmen, sobald ich mit dieser bemerkenswerten Nachricht nach Hause zurückgekehrt bin. Aber wir werden nur mit einem *menschlichen* Botschafter der Föderation verhandeln. Keine andere Spezies wird zugelassen werden.«

»Das kann bestimmt arrangiert werden. Und vielleicht werden demnächst auch andere Völker willkommen sein.« Sisko gab Talarn die zhodranische Krone zurück. »Wie ich es Ihnen versprochen habe.«

Talarn verbeugte sich. »Der Vater ist so ehrenwert wie der Sohn.« Der zhodranische Priester steckte das fremdartige Gerät unter seinen weißen Pelzumhang und glitt majestätisch zur Tür hinaus.

Jake schaute zufrieden zu Nog hinüber. Der junge Ferengi betrachtete ihn mit neuer Ehrfurcht und Respekt. Jake hatte nicht nur das Spiel gewonnen und seine Freunde gerettet, sondern auch eigenhändig den Weg für eine Handelsvereinbarung zwischen der Föderation und einem ganz neuen Markt gebahnt. Natürlich würde Nog schon bald wieder mit ihm schimpfen – sobald er herausbekam, daß Jake nicht persönlich von dem Handel profitierte. Manchmal konnte man eben nicht gewinnen.

»Commander!« Quark stürmte in die Krankenstation. Er blieb vor Sisko stehen und warf Nog einen beiläufigen Blick zu. »Freut mich, daß du wieder bei Bewußtsein bist, Nog. Deine Schicht fängt in einer Stunde an.«

Nog zuckte mit den Achseln und verdrehte die Augen, war innerlich jedoch höchst erfreut. Der kurze und schroffe Wortwechsel war für einen Ferengi sehr gefühlsbetont gewesen. Quark war erleichtert und glücklich, daß Nog wieder wohlauf war.

»Was kann ich für Sie tun, Quark?« Sisko war nicht amüsiert.

»Wenn Sie einen Augenblick Zeit für mich hätten, würde ich gern mit Ihnen darüber sprechen, ob ich den Spiele-Basar mieten darf. Zumindest so lange, wie Bokat im Gefängnis sitzt.« Quark nahm die typische Bittstellung der Ferengi ein. »Die Arcade bietet harmlose Unterhaltung. Sie hält die Kinder beschäftigt und sorgt dafür, daß sie sich keine Schwierigkeiten einbrocken.« Er bedachte Nog mit einem Stirnrunzeln. »Jedenfalls die meisten von ihnen.«

»Ganz zu schweigen von den Tausenden von Krediteinheiten, die der Laden täglich einbringt«, fügte Dax augenzwinkernd hinzu.

»Über Profit spricht man nicht«, konterte Quark.

»Ich werde darüber nachdenken.« Sisko entließ Quark mit einer Handbewegung und wandte sich wieder Jake zu. »Fühlst du dich wirklich wieder völlig in Ordnung?«

»Ich fühle mich hervorragend.« Jake sprang vom Biobett, packte Nog und zerrte ihn zur Tür. »Aber ich muß noch den Aufsatz über die Kreuzzüge fertig machen.« Er lief auf die Promenade, bevor sein Vater irgend etwas sagen konnte, und zog Nog hinter sich her. Sie hatten die Krankenstation kaum verlassen, als Nog sich unwirsch losriß und nicht mehr weitergehen wollte.

»Ich habe Besseres zu tun, als dir zuzusehen, wie du einen Schulaufsatz schreibst! Wir brauchen einen Marketingplan für Zhodran!«

»Wir haben nichts, was wir auf Zhodran verkaufen könnten, Nog.« Sie lagen ständig wegen ihrer unterschiedlichen Wertsysteme im Clinch miteinander, und Jake war verzweifelt bemüht, Nogs Respekt nicht zu verlieren. Doch er konnte einfach nicht lügen, was ihre Aussichten bezüglich Zhodran betraf. »Deshalb muß ich diesen Aufsatz zu Ende schreiben.«

Nog betrachtete Jake argwöhnisch. »Und darin liegt Profit?«

»Vielleicht«, wich Jake aus. Mittlerweile war ihm klar, daß man aus der Vergangenheit wertvolle Lektionen lernen konnte. Tena Lin, Rotor und Nog hatten beim Spiel der Zhodraner Fehler begangen. Jake hatte nicht zuletzt deshalb gewonnen, weil er gewußt hatte, was er *nicht* tun durfte. Die Historie

mochte – ihnen beiden – eines Tages sehr gelegen kommen. Doch da Nog kein Motiv verstand, das nicht eindeutig und unmittelbar mit Profit zu tun hatte, war eine bestimmte Ferengi-Strategie erforderlich. »Quark will den Spiele-Basar erwerben, weil das Geschäft gut läuft, aber irgendwann werden die Leute es leid, sich immer und immer wieder mit denselben Spielen zu beschäftigen, nicht wahr?«

Nog nickte nachdenklich. »Das hört sich logisch an.«

»Ich habe mir gedacht, da ich sowieso schon jede Menge Zeit aufgebracht habe, um alles über die Kreuzzüge zu lernen, könnte ich auch etwas Geld damit verdienen.«

»Und wie willst du das anstellen?« Trotz seiner Bedenken erregte die Aussicht auf einen finanziellen Gewinn Nogs Neugier.

Jake führte ihn zur nächsten Brücke über die Promenade. »Wir können unser eigenes Spiel erfinden und es Quark verkaufen! Während der Kreuzzüge sind Könige und Ritter in ferne, gefährliche Länder gereist. Sie ritten auf Pferden und führten mit Schwertern und Schilden einen Krieg gegen wilde Wüstenstämme. Das ist für so ein Spiel doch perfekt!«

Nog nickte und kicherte vor Begeisterung. »Ich werde noch einen anständigen Ferengi aus dir machen, Menn-sch.« Dann prasselten die Fragen nur so auf Jake ein. »Was ist ein Pferd? Warum haben sie gekämpft? Lag in dem Krieg Profit? Wer hat gewonnen?«

»Genau das werden wir herausfinden.« Jake grinste, als sie zum Turbolift gingen. Wissen war der wirkliche Schlüssel zum Erfolg. Wenn Jake nach Ferengi-Regeln spielen mußte, um seinem Freund beim Lernen zu helfen, konnte er sich damit abfinden. Schließlich war Jake ein Mensch. Er gab nie auf, und nichts war unmöglich – nicht mal ein gebildeter Ferengi.

# STAR TREK™

in der Reihe
HEYNE SCIENCE FICTION & FANTASY

STAR TREK: CLASSIC SERIE

*Vonda N. McIntyre,* Star Trek II: Der Zorn des Khan · 06/3971
*Vonda N. McIntyre,* Der Entropie-Effekt · 06/3988
*Robert E. Vardeman,* Das Klingonen-Gambit · 06/4035
*Lee Correy,* Hort des Lebens · 06/4083
*Vonda N. McIntyre,* Star Trek III: Auf der Suche nach Mr. Spock · 06/4181
*S. M. Murdock,* Das Netz der Romulaner · 06/4209
*Sonni Cooper,* Schwarzes Feuer · 06/4270
*Robert E. Vardeman,* Meuterei auf der Enterprise · 06/4285
*Howard Weinstein,* Die Macht der Krone · 06/4342
*Sondra Marshak & Myrna Culbreath,* Das Prometheus-Projekt · 06/4379
*Sondra Marshak & Myrna Culbreath,* Tödliches Dreieck · 06/4411
*A. C. Crispin,* Sohn der Vergangenheit · 06/4431
*Diane Duane,* Der verwundete Himmel · 06/4458
*David Dvorkin,* Die Trellisane-Konfrontation · 06/4474
*Vonda N. McIntyre,* Star Trek IV: Zurück in die Gegenwart · 06/4486
*Greg Bear,* Corona · 06/4499
*John M. Ford,* Der letzte Schachzug · 06/4528
*Diane Duane,* Der Feind – mein Verbündeter · 06/4535
*Melinda Snodgrass,* Die Tränen der Sänger · 06/4551
*Jean Lorrah,* Mord an der Vulkan Akademie · 06/4568
*Janet Kagan,* Uhuras Lied · 06/4605
*Laurence Yep,* Herr der Schatten · 06/4627
*Barbara Hambly,* Ishmael · 06/4662
*J. M. Dillard,* Star Trek V: Am Rande des Universums · 06/4682
*Della van Hise,* Zeit zu töten · 06/4698
*Margaret Wander Bonanno,* Geiseln für den Frieden · 06/4724
*Majliss Larson,* Das Faustpfand der Klingonen · 06/4741
*J. M. Dillard,* Bewußtseinsschatten · 06/4762
*Brad Ferguson,* Krise auf Centaurus · 06/4776
*Diane Carey,* Das Schlachtschiff · 06/4804
*J. M. Dillard,* Dämonen · 06/4819
*Diane Duane,* Spocks Welt · 06/4830
*Diane Carey,* Der Verräter · 06/4848
*Gene DeWeese,* Zwischen den Fronten · 06/4862
*J. M. Dillard,* Die verlorenen Jahre · 06/4869
*Howard Weinstein,* Akkalla · 06/4879
*Carmen Carter,* McCoys Träume · 06/4898
*Diane Duane & Peter Norwood,* Die Romulaner · 06/4907
*John M. Ford,* Was kostet dieser Planet? · 06/4922

# STAR TREK™

*J. M. Dillard,* Blutdurst · 06/4929
*Gene Roddenberry,* Star Trek (I): Der Film · 06/4942
*J. M. Dillard,* Star Trek VI: Das unentdeckte Land · 06/4943
*David Dvorkin,* Die Zeitfalle · 06/4996
*Barbara Paul,* Das Drei-Minuten-Universum · 06/5005
*Judith & Garfield Reeves-Stevens,* Das Zentralgehirn · 06/5015
*Gene DeWeese,* Nexus · 06/5019
*D. C. Fontana,* Vulkans Ruhm · 06/5043
*Judith & Garfield Reeves-Stevens,* Die erste Direktive · 06/5051
*Michael Jan Friedman,* Das Doppelgänger-Komplott · 06/5067
*Judy Klass,* Der Boacozwischenfall · 06/5086
*Julia Ecklar,* Kobayashi Maru · 06/5103
*Peter Norwood,* Angriff auf Dekkanar · 06/5147
*Carolyn Clowes,* Das Pandora-Prinzip · 06/5167
*Diana Duane,* Die Befehle des Doktors · 06/5247
*V. E. Mitchell,* Der unsichtbare Gegner · 06/5248
*Dana Kramer-Rolls,* Der Prüfstein ihrer Vergangenheit · 06/5273
*Michael Jan Friedman,* Schatten auf der Sonne · 06/5179
*Barbara Hambly,* Der Kampf ums nackte Überleben · 06/5334
*Brad Ferguson,* Eine Flagge voller Sterne · 06/5349
*Gene DeWeese,* Die Kolonie der Abtrünnigen · 06/5375
*Michael Jan Friedman,* Späte Rache · 06/5412
*Peter David,* Der Riß im Kontinuum · 06/5464
*Michael Jan Friedman,* Gesichter aus Feuer · 06/5465
*Peter David/Michael Jan Friedman/Robert Greenberger,* Die Enterbten · 06/5466
*L. A. Graf,* Die Eisfalle · 06/5467
*John Vornholt,* Zuflucht · 06/5468
*L. A. Graf,* Der Saboteur · 06/5469
*Melissa Crandall,* Die Geisterstation · 06/5470
*Mel Gilden,* Die Raumschiff-Falle · 06/5471

STAR TREK: THE NEXT GENERATION
*David Gerrold,* Mission Farpoint · 06/4589
*Gene DeWeese,* Die Friedenswächter · 06/4646
*Carmen Carter,* Die Kinder von Hamlin · 06/4685
*Jean Lorrah,* Überlebende · 06/4705
*Peter David,* Planet der Waffen · 06/4733
*Diane Carey,* Gespensterschiff · 06/4757
*Howard Weinstein,* Macht Hunger · 06/4771
*John Vornholt,* Masken · 06/4787
*David & Daniel Dvorkin,* Die Ehre des Captain · 06/4793
*Michael Jan Friedman,* Ein Ruf in die Dunkelheit · 06/4814
*Peter David,* Eine Hölle namens Paradies · 06/4837

## STAR TREK™

*Jean Lorrah,* Metamorphose · 06/4856
*Keith Sharee,* Gullivers Flüchtlinge · 06/4889
*Carmen Carter u. a.,* Planet des Untergangs · 06/4899
*A. C. Crispin,* Die Augen der Betrachter · 06/4914
*Howard Weinstein,* Im Exil · 06/4937
*Michael Jan Friedman,* Das verschwundene Juwel · 06/4958
*John Vornholt,* Kontamination · 06/4986
*Mel Gilden,* Baldwins Entdeckungen · 06/5024
*Peter David,* Vendetta · 06/5057
*Peter David,* Eine Lektion in Liebe · 06/5077
*Howard Weinstein,* Die Macht der Former · 06/5096
*Michael Jan Friedman,* Wieder vereint · 06/5142
*T. L. Mancour,* Spartacus · 06/5158
*Bill McCay/Eloise Flood,* Ketten der Gewalt · 06/5242
*V. E. Mitchell,* Die Jarada · 06/5279
*John Vornholt,* Kriegstrommeln · 06/5312
*Laurell K. Hamilton,* Nacht über Oriana · 06/5342
*David Bischoff,* Die Epidemie · 06/5356
*Diane Carey,* Abstieg · 06/5416
*Michael Jan Friedman,* Relikte · 06/5419
*Michael Jan Friedman,* Die Verurteilung · 06/5444
*Simon Hawke,* Die Beute der Romulaner · 06/5413
*Rebecca Neason,* Der Kronprinz · 06/5414
*John Peel,* Drachenjäger · 06/5415
*Diane Duane,* Dunkler Spiegel · 06/5417
*Susan Wright,* Der Mörder des Sli · 06/5438

STAR TREK: DIE ANFÄNGE
*Vonda N. McIntyre,* Die erste Mission · 06/4619
*Margaret Wander Bonanno,* Fremde vom Himmel · 06/4669
*Diane Carey,* Die letzte Grenze · 06/4714

STAR TREK: DEEP SPACE NINE
*J. M. Dillard,* Botschafter · 06/5115
*Peter David,* Die Belagerung · 06/5129
*K. W. Jeter,* Die Station der Cardassianer · 06/5130
*Sandy Schofield,* Das große Spiel · 06/5187
*Lois Tilton,* Verrat · 06/5323
*Diane Carey,* Die Suche · 06/5432
*Esther Friesner,* Kriegskind · 06/5430
*Melissa Scott,* Der Pirat · 06/5434
*Nathan Archer,* Walhalla · 06/5512
*Greg Cox/John Gregory Betancourt,* Der Teufel im Himmel · 06/5513

STAR TREK™

STAR TREK: STARFLEET KADETTEN
*John Vornholt,* Generationen · 06/6501
*Peter David,* Worfs erstes Abenteuer · 06/6502
*Peter David,* Mission auf Dantar · 06/6503
*Peter David,* Überleben · 06/6504
*Brad Strickland,* Das Sternengespenst · 06/6505
*Brad Strickland,* In den Wüsten von Bajor · 06/6506
*John Peel,* Freiheitskämpfer · 06/6507
*Mel Gilden & Ted Pedersen,* Das Schoßtierchen · 06/6508
*John Vornholt,* Erobert die Flagge! · 06/6509
*V. E. Mitchell,* Die Atlantis Station · 06/6510
*Michael Jan Friedman,* Die verschwundene Besatzung · 06/6511
*Michael Jan Friedman,* Das Echsenvolk · 06/6512
*Diane G. Gallagher,* Arcade · 06/6513
*John Peel,* Ein Trip durch das Wurmloch · 06/6514

STAR TREK: VOYAGER
*L. A. Graf,* Der Beschützer · 06/5401
*Peter David,* Die Flucht · 06/5402
*Nathan Archer,* Ragnarök · 06/5403
*Susan Wright,* Verletzungen · 06/5404
*John Betancourt,* Der Arbuk-Zwischenfall · 06/5405

DAS STAR TREK-UNIVERSUM, 2 Bde.,
**überarbeitete und aktualisierte Neuausgabe!**
von *Ralph Sander* · 06/5150

DAS STAR TREK-UNIVERSUM, Ergänzungsband
von *Ralph Sander* · 06/5151

*William Shatner/Chris Kreski,* Star Trek Erinnerungen · 06/5188
*William Shatner/Chris Kreski,* Star Trek Erinnerungen: Die Filme · 06/5450

*Phil Farrand,* Cap'n Beckmessers Führer durch STAR TREK – DIE NÄCHSTE GENERATION · 06/5199
*Phil Farrand,* Cap'n Beckmessers Führer durch STAR TREK – DIE CLASSIC SERIE · 06/5451

*Ralph Sander,* Star Trek Timer 1997 · 06/1997

Diese Liste ist eine Bibliographie erschienener Titel
KEIN VERZEICHNIS LIEFERBARER BÜCHER!

HEYNE BÜCHER

# Douglas Adams

*Kultautor & Phantast*

**Einmal Rupert und zurück**
*Der fünfte »Per Anhalter durch die Galaxis«-Roman*
*01/9404*

**Per Anhalter durch die Galaxis**
*DER COMIC*
*01/10100*

Douglas Adams
Mark Carwardine
**Die Letzten ihrer Art**
*Eine Reise zu den aussterbenden Tieren unserer Erde*
*01/8613*

Douglas Adams
John Lloyd
Sven Böttcher
**Der tiefere Sinn des Labenz**
*Das Wörterbuch der bisher unbenannten Gegenstände und Gefühle*
*01/9891*

*01/9404*

Heyne-Taschenbücher